紫金 著

紫金中篇小说集

大连出版社

© 紫金 2017

图书在版编目（CIP）数据

紫金中篇小说集 / 紫金著. —大连：大连出版社，2017.3
ISBN 978-7-5505-1151-4

Ⅰ.①紫… Ⅱ.①紫… Ⅲ.①中篇小说—小说集—中国—当代 Ⅳ.①I247.5

中国版本图书馆CIP数据核字(2017)第030870号

ZIJIN ZHONGPIAN XIAOSHUO JI
紫 金 中 篇 小 说 集

出 版 人：刘明辉
策划编辑：张　波
责任编辑：张　波　彭艳萍
助理编辑：魁宏达
封面设计：林　洋
责任校对：杨　钟
责任印制：徐丽红

出版发行者：大连出版社
　　　地　址：大连市高新园区亿阳路6号三丰大厦A座18层
　　　邮　编：116023
　　　电　话：0411-83620442　0411-83620941
　　　传　真：0411-83610391
　　　网　址：http：// www.dlmpm.com
　　　邮　箱：dlszhangbo@163.com
印 刷 者：大连金华光彩色印刷有限公司
经 销 者：各地新华书店

幅面尺寸：170mm×230mm
印　　张：12
字　　数：180千字
出版时间：2017年3月第1版
印刷时间：2017年3月第1次印刷
书　　号：ISBN 978-7-5505-1151-4
定　　价：35.00元

（版权所有　侵权必究）

紫金的文学纯度

◎ 付如初

遇见紫金的文字是因为责编她的长篇报告文学《泣血长城》。在阅读之前，内心对这类主旋律题材，对这类展现现代英雄主义的作品未抱任何审美上的期待。阅读经验告诉我，读这类稿子，要准备好接受空洞的情感和标语口号式的语言。但《泣血长城》一开头就调动了我的好奇心：她切入这个"大事件"的方式居然是"小情感"，她先写了貌似毫不相干的自己的女儿。

接着，一口气读下来，我被紫金这种把握文本的方式说服了。了解当代创作的人常有这种体会，一个作家只有"眼皮贴近地皮，才能看见真草根"，否则，会产生让人生厌的知识分子的"清谈雄辩"，不接地气。而紫金在表面的"冷"之下有一颗温热的心，有一支弹性十足的笔。在"大事件"和"小情感"之间，她准确地拿捏了一种分寸——驾驭人物的分寸、表达敬意的分寸、展现个人思考能力的分寸，更重要的是说服读者尤其是专业文学读者的分寸。所谓英雄，不是生来就是，也不是举手投足都拿着英雄的"范儿"，而是在关键时刻展现出来的一种素质；就像信仰，通常不是体现在日常中，而是在考验最严峻的时刻依旧能坚持到底。

其实，紫金的说服力又何止于文本之内呢？文本之外的重重打量某种程度上更考验一个作家的能力——在唯命是从的作家眼里，主旋律题材最好写，也最省力，但在有独立思考能力的作家那里，这类题材难度最大。在人文情怀和政治正确之间，在体贴生命和宣传典型之间，都隐藏着作家的权衡和选择。君不见，多少作家因为这类写作丢掉了自己的风格面貌，直至丢掉了作为作家的尊严。

因为《泣血长城》，我记住了大连消防系统的很多人、很多事。为这些人、这些事，我还并不常见地流了泪。钱穆说："忘不了的人和事，才是真生命。"从这个角度说，紫金的笔赋予了很多人"真生命"。

从《泣血长城》开始的文学缘分，就这样开始了。之后，我开始对紫金的创作感兴趣。原来，她上个世纪90年代就开始写作，还出版过长篇小说《黑戒指》。这次收在集子里的中篇小说《钻石与锈》和《刑警的故事》，也曾发表在国内有影响力的刊物上。作为所谓的当代文学的关注者和研究者，我居然漏掉了她！于是我说："都因为你写得太少了！"

其实，从上个世纪80年代末王蒙先生说的"文学失去了轰动效应"之后，作家越来越难以靠一两个知名的作品在文坛立足了。面对众多的文学刊物，面对越来越同人化、圈子化的写作风气，作家写作量上的积累甚至比质的高低都显得重要了。而且，即便是抛开影响力效应，只讨论作家创作上的自我开掘和自我完善，从量变到质变的积累也很重要——或许，世界上没有什么写作的成功之道，唯有不停地写。这种写，当然不是低质量地自我重复，而是不断地自我挑战和自我突破。

一个遵守创作道德、懂得爱护自己的作家一定不愿意重复自己。如果不是事先知道，很难相信《刑警的故事》和《钻石与锈》的作者是同一个人。无论是语言风格还是故事节奏，包括情感浓度，两个小说都天差地别。当然，这从侧面说明了紫金创作素质上的全面。

《钻石与锈》属于"心理派"，有"私小说"的气质，注重写女性微妙的、带着点儿神经质的内心世界，甚至它刻意渲染的物质标签，都无不在昭示女性的某一种天性；而《刑警的故事》是"行动派"，有现实主义小说的气质，注重写刑警这个特殊群体的日常状态。前者是"向内转"的，内心风暴掩盖了社会宽度；而后者是"外向"的，体制的复杂性和人性的复杂性等种种社会容量压制住了人物内心世界的丰富。出版者把这两部小说放在一起集结成册，恰好体现了作家作品集出版的核心要素：全面呈现一个作家的创作素质。在中国文坛，既能写自己又能写别人、既能深入内心又能触及社会的多面手作家还是太少了。

当然，事情还会有另外一面。本雅明在《发达资本主义时代的抒情诗人》中说："对于一切创造性而言，最具本质意义的是独特的个人风格。"当我试图将《钻石与锈》的风格概括为紫金风格的时候，我又看到了《刑警的故事》，另一种完全不同的风格。到底哪一种是紫金应该坚持下去、探索下去的路呢？或许，在深入内心幽暗的时候能够兼顾人性多元，在书写社会复杂的时候能够兼顾内心丰富，是最理想的状态。而要臻于理想，唯有不断地写。还是那句话，创作数量积累的过程也一定是自我寻找的过程。

当然，这或许也是紫金的困惑所在。起点如此之高，或许就难以保证产量。其实从日常接触中也能感觉到，紫金是一个对自己要求很高的人，因为她的悟性、她的敏感，因为她对写作纯洁性的捍卫以及她对有质量、有纯度的文学写作的坚持，当然也因为世俗意义上她作为女人的"好运气"，她有时候近乎自我苛责和自我折磨。

而顽强自我约束的生命总是会牺牲掉一些附着在生命之外的东西，比如"著名作家"的头衔，比如获得某某奖项的荣耀，比如获得某某圈子的追捧，等等。而这些东西往往很能迷惑人，也很唬人。被它们迷惑的，变成了它们的奴隶；而靠它们唬人的，禁不住时间哪怕一丁点儿的敲打。

紫金的文学之路会怎么样呢？我没跟她交流过。以我对她不太深入的了解，"面对写作，背对文坛"或许还会是她毫不犹豫的选择。在这样的选择中，她或许会在持续的自我折磨中打磨出一个大作品。当然，在这个过程中，她需要不断地抗拒来自温润的小日子和褪不尽的小女人天性那充满魔性的耳边低语：写作太苦，去享受生活吧。

作为编辑和读者，我期待不被低语俘获的紫金。

是为序。顺便说一句，尽管从业多年，评论文字也不少了，但为作家的书作序还是第一次。对紫金的了解或许还远未到能作序的程度，但读她的作品，的确感受到了她调动生活和感觉的写作潜力。这潜力，足够支撑她走得更远。

（作者系人民文学出版社编辑室主任、文学博士）

目录·CONTENTS

◎ 刑警的故事 / 1

◎ 钻石与锈 / 95

刑警的故事

1998 年 12 月 14 日

太阳在起落间又诞下一天，无辜地落进连绵不断、遥遥无尽的时间长河，像一粒沙淹没在潮水里。这一天看起来像千千万万个日子，平凡而一成不变，花在开，水在流，过客匆匆。可它也有痛和美，因为那些人、那些事……

四号注意，目标马上进入大堂，听命令行动！

一阵对讲机的嘈杂声从站在酒店接待处大理石柱子边的男人身上传出来。他立即躲开面对人群的方向，掏出对讲机调整了音量，然后，握在右手里，藏进了衣襟。他四十多岁，身材敦实，目光犀利，有一个红鼻头，因为紧张，变成了深紫色。

酒店的大门转动了，一个身材不高、像截铁桩子似的年轻人走进来，左手紧紧攥着一个女孩的胳膊，两人相伴而行。

柱子后面的男人慢慢移动脚步，当对方走过之后，闪出身子，准备跟上去。身上的对讲机又响了：听命令行动，到餐厅里再动手！男人犹豫了片刻，从柱子后面绕出来，跟上了那对男女。此时，他们已经走上了二楼，正穿过长廊，准备上三楼去餐厅。男人紧追了几步，急促的脚步声显得格外刺耳。铁桩子似的年轻人回过头，男人也走到了距他五六米的距离，两个人都愣住了。女孩忽然开口：救救我！三人仿佛同时被惊醒，一支短猎枪从年轻人的袖管里露出来，接着就顶在了女孩的右脸颊上。男人飞身扑过来，随着年轻人的一声吼叫——别过来——枪响了，巨大的冲击力将女孩重重地推进男人的怀里，将他压在了身下。铁桩子似的年轻人则像一阵风，跑进了不远处的安全通道。

男人猛地坐起身，脸上溅满了血和脑浆，低头看看怀里的女孩，只剩下了血肉模糊的半张脸。他茫然地环顾四周，只见一个鲜红的下巴贴在一米外的墙壁上，顿时，男人的眼神涣散了，久久地呆坐在那里……

2011年9月30日

你看清楚了，老子不是民工，客气点儿！孟苗苗一边用力拽住肩上的包带，一边回头对戴着红袖箍站在安全门旁拉住了他旅行袋的铁路工作人员大声喊道。

"红袖箍"也不示弱，更紧地扯住了孟苗苗的旅行袋：少废话，马上给我出来！

孟苗苗的脸红到了脖子根，青筋突突地蹦起来，猛地从肩上脱下包带攥在手里，一松，再朝怀里一带，"红袖箍"就脱了手，脚下也站不稳，噔噔噔退了几步，险些跌倒。此人三十余岁，也是有些血性，在自家地盘上吃了亏，面子挂不住了，横着肩膀朝孟苗苗逼过来，嘴里嚷着：今天非把你送到公安室！

旁边一个人插到了他面前：大哥、大哥，别发火，有话好说，有话好说。此人五十多岁，秃顶，脸上的皱纹像雨后泥路上的车辙，黝黑、纵横交错，烘托着一个紫色的鼻头。

"红袖箍"打量了他片刻，立着眼睛呵斥道：走你的路，跟你没关系！

那人倒不恼，伸出手搂住"红袖箍"的肩膀：那老弟是我的同伴，给我个面子，算了吧。

旁边几个铁路上的人也围过来：进站旅客的行李必须过X光机，他背着包就要进安检门，拦他不听，还动手推人。

那人继续赔笑脸：是他的不是，不过，我们的火车差十分钟就要进站了，都是着急惹的祸，你们多包涵。

到底是人民铁路，听了顺耳的话，几个人立马下台阶：算了，算了，你们赶紧过机器！

过了安检，孟苗苗道：师父，你少说也比那家伙大二十岁，管他叫哥，冤不冤呀？

后面的人笑了笑：尊称而已，跟辈分没关系。

我没错，凭啥受这窝囊气？孟苗苗又咕哝了一句。

这叫战术撤退，打不过就跑，继续纠缠下去，火车耽误了不说，再被他们送进公安室，那可成丑闻了。

我打不过他？孟苗苗眼睛瞪得像个豹子。

你练成个散打冠军，就为了跟这种人过招？打完了，再去接受治安处罚？

孟苗苗听了，狠狠地吐出了一个字：靠！然后就像一辆憋足了劲的小坦克冲进了人流，瞬间就淹没在密密麻麻的大包小卷中。后边跟着的人倒是不急，只盯着人高马大的孟苗苗的脑袋，三转两转，就顺利地检了票，进入地下通道，来到了站台上。孟苗苗一回头就看见了他，愣磕磕说了句：师父，你可真够快！

被叫作师父的人捂住鼻子连打了两个喷嚏后，道：全靠你的土匪发型，黑压压的脑袋里数它最明显，白一截，黑一截，像个锅盖。

孟苗苗马上说：这叫美国大兵头，您老人家记住了，好不好？口气里依然冒着火药味。

师父也不计较，又打了两个喷嚏后，道：好，好，美国大兵……

话还没说完，火车就进了站。孟苗苗抬腿就想跑，被师父一把拉住：去后面的卧铺车厢。

可咱们买的是站票。

叫你去就去，快，火车只停七分钟。

孟苗苗得了令，拨腿就跑。

师父撑着喊：上车后，先找乘警。

孟苗苗左冲右突地在卧铺车厢里找到了乘警，后面的师父也跟着挤上来，对乘警说：你好。

对方的眼神里透着隔膜和狐疑，冷着脸勉强问了句：什么事？

我叫马永力，是英纳市公安局红旗分局刑警队的，去杨泉县追逃，因为太急，只买到站票，麻烦你帮忙找个座位。说完，递上了警官证。

乘警看也不看，眼睛盯着刚上车的其他旅客，道：你已经够幸运了，想返乡过节又没有买到票的人比上了车的都多，别说站票，让他们挂在火车外面都愿意。

孟苗苗听了，火气又来了，一把抢过马永力手里的警官证伸到乘警眼前：你仔细看看，我们不是冒牌货。

乘警推开孟苗苗的手：我知道，全国公安机关都在清网追逃，这火车上每天都有十几帮警察。

既然如此，你就帮帮忙吧。

不是我不帮，你看，哪里有座位？

正说着话，马永力又连打了几个喷嚏。孟苗苗看了看师父，换了语气：我们是从吉林赶来的，已经连续坐了二十多个小时火车，你们南方的温度比吉林高，下了车，我师父就感冒了。到杨泉县以后，我们还要马不停蹄地赶路，你就帮帮忙吧。

乘警似乎动了恻隐之心，犹豫片刻说：你们去十七号车厢，那里留了些空座，找乘务员商量一下，也许可以找到座位。

说完，看了看表：还有三分钟就要开车了，在车上挤不过去，你们快下车，从站台上跑过去，应该来得及。

孟苗苗和马永力终于再次上了车。眼前却涌动着一片挤挤巴巴的屁股，它们的主人已将十七号车厢门口围得水泄不通，正群情激愤地声讨乘务员：农民工不是人吗？为什么不准我们进去？

看你们再敢放人，除非让我们进去，否则，就烧了这节车厢。

对，烧了它！

两个刑警一见这阵势，立即泄了气。已筋疲力尽的孟苗苗扔下手里的旅行袋，坐在了两节车厢的连接处，呼哧呼哧大口喘着气。马永力跟着也坐下了，捂着鼻子、嘴巴，又是一阵喷嚏咳嗽。

靠！这回真是连农民工都不如，他们敢说烧了车厢，师父，你敢吗？

我听说你软磨硬泡了很久才从治安大队调进重案三中队，当刑警就为了出来烧车厢？马永力调侃道。

孟苗苗并不接马永力的话，却说：我现在真想回去一把火点了大溪分局，他们凭什么抢走我们的人？说着，眼圈有些红了。

马永力知道，孟苗苗这一路的火气都窝在这里，于是伸出手拍了一下他的脑袋：局长不是又给了一条杨泉县的线嘛——

还没等马永力说完，孟苗苗便抢白道：那是两回事。刘长斌伤害案是红旗分局立的案，我费了九牛二虎之力才查出他的踪迹，狐狸的尾巴都攥在手里了，大溪分局的王八蛋们却踩着我们的脚印跟到吉林。

孟苗苗说着说着，激动起来：这里肯定有内鬼出卖了我的情报，否则大溪分局的人不会这么顺利地跟到吉林，又跟到刘长斌所在的工地，趁咱们等待当地公安局增援的工夫，仗着人多，抓走了刘长斌。他们倒是名利双收，被害人爹妈送去了锦旗，市委信访部门通报表扬解决了家属多年进京上访的问题，可我出来都快一个月了，至今一个逃犯没抓到，还咋在重案三中队混？

比你难混的是咱局长，12月中旬前不能完成百分之八十的抓捕率，他就要引咎辞职。咱们急了，可以骂人、抱怨，他却只能憋着，天天坐在办公室里，不睡觉，只抽烟，用矿泉水给脑袋冲凉，连去卫生间洗把脸的心情都没有。马永力不紧不慢地说。

孟苗苗泄了气，转了话题：如果不是特殊时期，他也不能请你出山。

马永力笑了：我算什么，眼见着要退休的荒料，不过是因为这次追逃任务太重，人手不够，局长临时拉我出来充数。我估计，如果没有清网行动，你的调动也不会这么顺利，你可能至今还在治安大队瞎晃悠。

孟苗苗又激愤起来：这世道太不公平。在英纳市公安局，红旗分局管辖面积最大，发案率高，逃犯自然多。大溪分局管着巴掌大的一块地界，抓70个就能完成百分之八十的任务，我们却要抓325个，限定的时间还都一样，简直是把人朝死路上逼。

马永力的眼睛里掠过一丝沉重：这是我参警以来经历的最大一次全国公安机关统一行动，大概只有1983年的"严打"可与其相提并论。各级领导压得太狠，到了基层公安局长这里，就等于枪口顶在了脑门子上，要不，完成任务，要不，立即下岗。干了大半辈子谋了个公安局长，因为清网行动任务没有完成而引咎辞职，那就是活剥他们的脸皮，比挨枪子还难受。

既然如此，你为啥还不着急？

谁说我不急？马永力反问道。

我看大溪分局抢走了刘长斌，你好像松了口气。

马永力不禁心下一凛：这小子是块做刑警的好料，聪明、敏锐，居然被他瞧出了心思。于是，他尽力掩饰道：哪有的事，破案、抓人都有个规律在里面，不是光着急的事。

两个人正说着话，围攻十七号车厢的农民工们泄了气。一直守在门口的列车员锁上门离开了，他们只好无奈地散了。在许多中国人的潜意识里，大家都站着就算公平，只要公平，一起去死都没意见。

可这群人想散却已无处可散，厕所里都塞进了四个人，只好摩肩接踵地挤在一起。挤来挤去，就有人要倒在孟苗苗的头顶。孟苗苗只好站起来，手扶着车厢，用身体挡住咳嗽喷嚏不断、脸色已有些泛红的马永力。此时，他才想起手里还握着马永力的警官证，孟苗苗顺手翻开，照片上一个精明机敏、眼神犀利的人定定地望着他。孟苗苗忍不住看了看坐在地上的马永力，又看了看照片，不禁道：刚才乘警若是仔细看看，还真能怀疑你是冒牌货。

马永力笑道：那是多年以前的照片，人总是要老的。

你也老得太夸张了，和照片比，就像两个人。

马永力尴尬地咳了几声，掩饰着嘴角的苦笑。

2011年10月3日

停、停……快给我停下来，你这个浑小子，转弯能加速吗？马永力揪着头顶的把手一连喊了十几个"停"字，孟苗苗才猛地踩住了刹车，红色的轿车一个漂亮的侧身横移停了下来。

孟苗苗扬扬得意道：怎么样，师父，标准的漂移。

马永力气急败坏：去你的漂移，这是私家车，你玩这一票，轱辘起码少活三年！

孟苗苗也不恼：师父的朋友肯定是有钱人，不在乎这几个磨损费。

马永力擦了擦额头上的冷汗：什么有钱人，这车是你嫂子的。

孟苗苗瞪大了眼睛：我嫂子可真酷，五十多岁开红色轿车，她咋舍得把这新车给咱们用？

听说我感冒了，又从吉林跑到杨泉，坐火车太辛苦，就忍痛割爱了。小子，你给我开仔细点儿，它可是你嫂子的眼珠子，交给市局刑警支队的哥们儿时，她眼泪都快掉出来了。

孟苗苗吐了吐舌头：从英纳市到杨泉，也有上千里地了，跟着刑警支队的大吉普车跑，可够这"小姐"受的。

人家能给捎带开过来就不错了。算咱们有福气,市局刑警支队追逃小组正好路过杨泉,否则,你嫂子想帮忙也使不上劲。

孟苗苗道:凭你跟咱局长的交情,为啥不跟他要辆车?

全局出来了五十多个追逃小组,要吃、要喝、要路费,局长愁得都要把公安局大楼押给财政局了,再跟他要车,不如要他的命算了。

"五星红旗迎风飘扬,胜利歌声多么嘹亮……"一阵雄壮的音乐传来,孟苗苗先是一愣,接着反应过来:我说,老同志,你能不能换个手机铃声?电话一来,我就想踢正步。

马永力一边掏出手机,一边说:岁数大了,喜欢老歌,你忍着吧。

孟苗苗猛点头:行,行,只要有车开,我就跟着你天天踢正步。

局长好!马永力打开手机便说。

感冒好了吗?

托你的福,灌了三个头孢吊瓶,好了。十一那天你已经问候过了,咋又来电话关心。

关心个屁,有正事!

你尽管吩咐。

上面又来了新精神,截至10月15号,必须完成百分之七十的追逃指标。

什……什么,完不成任务,你就要引咎辞职?

正确、聪明。

咱分局还差多少?

一个半。现在大家都疯了,好抓的早都抓回家了,剩下的都是难啃的骨头,全分局的活儿里,就数杨泉县这条线最好,你要不惜一切代价给我把人带回来。

局长,今天是3号,还有12天。杨泉这鬼地方是全国有名的土匪窝,坏蛋比鸡蛋都多,要从这里找出——

你他妈的少废话!就记住一件事:到10月15号拿不到人,我下岗前一定先把你和锅盖儿脑袋收拾了！

不等马永力再回话，局长就咔地收了线。

孟苗苗吐了吐舌头：看来，局长真急了，我还是第一次听他骂人，平常总是温文尔雅，像个书生。

马永力收了电话，掏出一支烟：你可别小看他，我认识他二十多年了，肚子里很有些韬略，上任四年，就把咱分局变成了名副其实的红旗分局。

小看他？我可不敢，倒是有些怕他，温和中透着说不出的威严。不过，也很喜欢他，公正、善良。在分局里，我有几个小哥们儿两地分居，几年来，他们的老婆都被他鼓捣进了英纳市。孟苗苗接道。

他确实是个好人。马永力若有所思道。

"五星红旗迎风飘扬……"还是局长：马永力，侯天龙的事情，你趁早死了心，要想退休前弄个全身而退，就干干净净地把杨泉的人带回来，我给你请功。说完，又咔地挂了电话。

马永力合上手机，将手里的香烟含在嘴里，从仪表盘上拨出点烟器，凑近了，用力吸起来，却半天不见动静。孟苗苗看了看：师父，反了，烟头在嘴里，过滤嘴在外面。

马永力拿下香烟，手不禁抖了抖。

孟苗苗试探着问：师父，这一路上，局长总跟你吵吵侯天龙的事情，他是谁？

马永力的脸色沉下来，猛地将香烟扔出车窗：少废话，上路吧。

孟苗苗一路按照手机上的地图指引，顺利地来到杨泉县林阜村外。马永力不禁感慨：幸亏有这些现代化的家伙，否则，在这人生地不熟的鬼地方还不知要走多少弯路。

师父，这是小儿科，有机会让你见识见识信息化技术破案的神奇招数。现在去派出所？孟苗苗望着村子里密密麻麻的民房问道。

不行，我们还是吸取吉林的教训，大家都要完成指标，别再半路被劫走了。直接去村委会找治保主任。

半个多小时后，马永力和孟苗苗被一个女人半推半拉地弄进了小饭馆里。她将两个人安排在屋里靠墙角的一张桌子旁，就朝厨房里走去，一边走一边放开嗓门道：大过节的，你们跑到这里，我吩咐老板娘做几个好菜。然后，又对旁边几桌就餐的人说：这是远道来的客人，你们可要帮我照应着。她操着当地口音，说话又快又亮，小屋里瞬间就充满了高昂的女花腔。

五六个人连忙应道：行，行，你放心。

孟苗苗看了看他们说：师父，这里像威虎山，说的都是暗语。

马永力掏出一支烟若无其事地吸起来，然后悄声对孟苗苗说：看这些人的脸色，这女人在村子里有些势力。

哪有女人当治保主任的，搞计划生育还差不多。孟苗苗咕哝道。

怪我们命不好，进了村委会就碰上她，人家说是治保主任，也不能不信。杨泉这一带是全国闻名的犯罪高发区，这里的人性子刚烈，抱团，我们还要谨慎行事。说着，马永力朝周围的几个人微笑着点了点头。

女人从厨房里走出来，手里擎着一个白色酒瓶，来到桌前，坐在马永力和孟苗苗中间，道：今晚，我陪你们喝点儿米酒。说完，就打开了瓶盖。

马永力连忙拦住她：主任，我们还要工作，不能喝酒。

女人又像机关枪般吐出了一大堆响亮的话，说了什么，根本听不清，但两个刑警都明白了，这酒如果不喝，是绝对走不出小饭馆的。

趁着菜还未上，马永力直奔主题：主任，我们要找的于桂仙牵扯了一个很重要的逃犯，你能说说她家里的情况吗？

女人一挥手就岔开了话题：这事包在我身上，你们别着急，先吃饭。

马永力却揪住话头不放：吃过了饭，麻烦你将我们送过去。

女人又说：这事包在我身上。

说话间，菜上齐了。女人先端起酒杯：见面就是缘分，我先干了。说完，一仰头就将一杯米酒倒进了嘴里。

孟苗苗也端起酒杯：我代师父敬你。说完，刚要喝酒，却被女人一把抓住了胳膊，接着又是一大堆响亮的话，两个刑警只听懂了前两句：瞧不起人吗？嫌我老，还是嫌官小——

孟苗苗趁她喘息的工夫插了句：我师父刚打过头孢吊瓶，不能——还未等说完，又被一阵响亮的连珠炮淹没了。女人说得激情四溢，连孟苗苗隔着她的后背凑近马永力说了句"这娘儿们，真他妈的像支唢呐"，似乎也没有妨碍她的情绪。

三瓶米酒下肚，女人的话更响更亮了，可不管马永力如何努力，她就是不提于桂仙的事，并且又打开了一瓶米酒，招呼旁边桌子的几个人：过来，帮我敬客人。

马永力站起身，摇晃了几下，眼见着要倒向女人，孟苗苗手疾眼快，伸手扶住了他：师父……

马永力捏了捏他的手臂。孟苗苗立即明白了，对女人说：我师父心脏不好，这屋子里太憋闷，要出人命了。说完，搀起他就走。马永力则拽住女人的胳膊，令她也不得不站起身，一起走了出去。

到了屋外，已是满天星斗，初秋的夜风一过，女人撑不住了，又响又亮的女声含混起来：你们住在哪里，我送……送……

马永力直起了身子，顺着话头连声道：行，行，去于桂仙家。

冷风掺和着米酒，彻底扯乱了女人的方寸，她有些站不稳，嘴上也更糊涂了：走吧，我一定把你们送到她家。说完，就摇晃着迈开了步子。

马永力赶紧扶住她，朝小酒馆里扬了扬下巴，吩咐孟苗苗：去喊人来帮忙。

一个中年男人应声出来了。马永力不等他开口就说：主任要带我们去于桂仙家，她这个样了，怕是不行，你给我们指个路，然后帮忙把她送回家吧。

那男人狐疑地看了看两个刑警，又凑到女人身边：主任，你咋样？

女人含混道：没关系……话未说完，就伸着脖子干呕起来。

男人只好扶住她，对马永力说：绕过这个房头有条土道，穿过去，然后顺着河沟走几十米，就能看见一排瓦房，那里就是于桂仙的家。

马永力赶紧道了谢，拉起孟苗苗就走。女人却在身后喊道：有事情再找我！

行，行。马永力嘴上胡乱应付着，脚下却像生了风，拖着孟苗苗转眼就消失得无影无踪。

于桂仙家的三层瓦房依着连绵不断的深山，矗在漆青色的夜空下。隔着一人高的围墙，能看见只有一层点着灯，却未拉上窗帘。

马永力站在门口，想了想说：屋里的人正等着我们呢。

孟苗苗吃惊：你咋知道？

闻出来的。

孟苗苗更吃惊了：我听说老刑警到了现场就能闻出疑犯的味道，还不相信，这是真的？

马永力点点头：不但能闻见，还能看见。

你看见了什么？

灯光，它有些清冷和不安。

孟苗苗将信将疑：我咋看不出来？

马永力顾不上理他，走到关闭的大门前，轻轻一推，竟推开了旁边的耳门。他回头对孟苗苗说：确实在等我们。

院子大而空旷，两个人小心地走到中间，马永力喊了句：有人吗？

屋门马上打开了，走出一个六十多岁的女人，看见两个人就说：你们来了？

孟苗苗惊得张着嘴半天回不过神。马永力却像走进了亲戚家，道：大婶子，你是于桂仙吧，能进屋坐坐吗？

女人点点头，也不说话，回身就朝屋子里走去。马永力和孟苗苗赶紧跟了上去。

进了屋，女人并不让座，自己靠着炕边半坐半站，手里攥着一个红色手机。

马永力仿佛跟于桂仙早有默契，开口就说：我们是英纳市红旗分局的刑警，想找你了解点儿事情。

我不知道周春宝在哪里。于桂仙也不含糊，直接摊了牌。

马永力笑了笑：我相信你。

相信，为什么还到我家来？于桂仙冷着脸道。

马永力继续温和地说：据我所知，周春宝亲戚不多，只跟你走得近……

于桂仙有些急：自从妹子去世，我就跟他断了联系，你凭什么说我俩走得近？

是经常关心外甥吧，电话通得可挺频。马永力不紧不慢道。

于桂仙心虚了，不自觉更紧地握了握手机：妹子撇下个半傻的儿子，我总不能不管。

周春宝也会关心吧，你没有接到过他的电话？马永力看起来温和，可话头却犀利。

于桂仙断然道：没有。自从在英纳市闯了祸，周春宝就没有了消息，也许已经死了。

你这话说得有些过头，总归是一家人，咋能盼着他死，再说，还有个半傻的儿子。马永力软中带硬道。

反正我不知道周春宝在哪里。于桂仙说着站起身，将手机放进衣兜里，朝厨房走去。

孟苗苗刚想阻拦，被马永力用眼色阻止了。

于桂仙进了厨房，对着客厅里的两个刑警道：老头子快回来了，我还要做饭。

马永力道：行，你忙着。

孟苗苗悄声说：人家下逐客令了，怎么办？

马永力不答，走到靠墙的柜子前，仔细地看起来。

孟苗苗跟过来：师父，你找什么？

马永力看了柜子，又看墙上的挂历和几张年画。终于，他指着写在年画

空白边的一串数字道：记下来。

孟苗苗连忙凑过去：是手机号，我记住了。接着，他惊诧道：是那个女治保主任的电话。由于紧张，孟苗苗的声音变了调。

马永力伸手捂住了他的嘴，悄声问：你没记错？

孟苗苗摇头，马永力松开手，他悄声道：没错，她留给我的就是这个号码。

马永力点点头，又仔细地翻了翻挂历。

于桂仙回到了客厅：你们大老远跑来，也留下吃口饭吧。虽然说着客气话，语气里却含着明显的不耐烦。

马永力并不介意，真诚地说：谢谢，不用麻烦了。有件事情，我还是要跟你说明一下。现在，全国公安机关正进行清网追逃行动，对投案自首的嫌疑人有宽大政策。周春宝是失手伤人，如果能把握这次机会投案，会有个最好的处理结果，躲躲藏藏毕竟不是办法。说完，马永力拿出自己的手机：你给我留个电话，有事我们可以常联系。

于桂仙有些不情愿，孟苗苗劝道：没别的意思，万一你想找我们，也方便些。

于桂仙只好说出了自己的号码。马永力在手机上存下后，又拨了过来，于桂仙的手机铃声立即响了。马永力道：这是我的号码，你记下吧。

于桂仙勉强答应了，将两人送出了门。马永力和孟苗苗刚要走出院子，迎面进来一个人，六十多岁，身板硬朗，手里拖着根棍子，听见动静，大声问道：什么人？说着，就将手里的棍子戳过来。孟苗苗闪身躲了过去，马永力看清此人的眼睛有些问题，一只死死地盯着没有人的方向，另一只眯缝着，努力想看清眼前的一切。他连忙示意孟苗苗别说话，两个人闪身就出了大门。只听于桂仙在身后说：死老头子，别喊了，快进屋吧。

走出十几米，马永力停住了脚步，立即掏出手机，调出于桂仙的号码，递给孟苗苗：你看，是否跟情报科掌握的一致，经常与周春宝的儿子联系？

孟苗苗凑过来，看过后，用力点点头：就是它！于桂仙一定知道周春宝的消息。

有什么证据？

孟苗苗挠了挠头：说不清，就是一种感觉。

马永力赞许地点点头：你小子还真是有些天分，局长没有看错，是块好材料。周春宝可能就在附近。

孟苗苗来了兴致：你有什么证据，莫非又闻到了他的踪迹？

是治保主任的手机号码。老年人记性差，习惯将自以为重要的电话记在方便的地方。我原想找到可疑的号码，也许就与周春宝有关系，没想到却找到了那个女人的电话。不过，这更证明了我的感觉。

孟苗苗困惑了：如何证明？

这里有条证据链；首先是治保主任故意拖延我们，到了于桂仙家门口，尽管灯亮着，窗帘却是打开的，说明于桂仙已经得到了消息，在等我们上门；见了面，她一直握着手机，很紧张的样子，说明心里有鬼。

可治保主任为何要这样做？孟苗苗问。

问题就在这里。刚才回来的应该是于桂仙的男人，他的眼睛好像有残疾，看起来不像是村子里有势力的人。那女人却如此袒护他们，我们的活儿肯定难做了。

现在该怎么办？孟苗苗有些急了。

你说呢？马永力反问道。

只能蹲坑守着了。可是，我们两个外地人，如何在这里藏得住？

不但如此，而且于桂仙已经惊了，不会傻到将周春宝藏在家里。况且，我们只有12天的时间，干守在这里不是办法。马永力接道。

孟苗苗泄气了，一屁股坐在河沟边。

马永力掏出一支烟点着了，一边吸，一边四处观望。忽然，他扔掉了烟头，指着不远处对孟苗苗说：走，我们去那里。

孟苗苗站起身，顺着马永力手指的方向看过去，只见于桂仙家旁边有一处破烂不堪的草房子，依着青瓦房，显得更加寒酸和落魄。

孟苗苗想问，马永力却脚下生风，已经走出了五六米，他连忙追了上去。

草房的门打开了，一个同样寒酸、落魄的老人惊异地看着两个刑警。马永力赶紧自我介绍，并拿出了警官证。听说是警察，老人客气地将他们让进了屋子。寒暄过后，老人说：我是于桂仙男人的堂弟，早些年，因为老辈人之间的事情，关系挺冷。他仗着儿子在县里做官，总是跟我们过不去。前年，又因为村里划分房基地，彻底闹翻了。他脾气坏，人又霸道，我是受够了他的气。

马永力连忙掏出一支烟，恭恭敬敬地给老人点着了：老人家，我们有公事，需要你帮忙。

老人贪婪地吸了一口烟：你尽管说。

你堂哥有个连襟在英纳市打伤了人，犯了官司，已经畏罪潜逃三年多了。我们是警察，要主持个公道。

老人连连点头：应该，应该。

你最近看见你堂哥家有生人吗？

老人摇摇头：他有两个儿子、三个姑娘，都出了门子，平时，家里只有老两口。

马永力有些失望，老人抬起头看了看他，想了半天，忽然说：他家雇了个羊倌儿，在后面的山里放羊，有两年多了，平时很少下山，只在年节时偶尔能看见他。

孟苗苗立即来了精神：他多大年龄，长什么样子？

模样说不清楚，大概五十多岁，中等个头，看起来挺老实。

孟苗苗连忙从衣兜里掏出一张折叠的复印纸，打开了，递过去：你看，是不是他？

老人眯着眼，左看右瞧，半天才说：有点儿像，但照片上的人比羊倌儿胖一些。

马永力将手里的大半盒烟递给了老人：太谢谢了，你能给我们指条上山的路吗？

老人接过了烟，想了想，站起身说：山上的路远着呢，黑灯瞎火的，上去就会迷路，我送你们吧。

三个人在崎岖黑暗的山路上走了一个多小时，前方出现了一个黑黢黢的山坳，老人停下了脚步说：转过那个山坳，再爬个小坡，有个山崖，羊倌儿的窝棚就搭在下面。我不能再送你们了，堂哥知道了，会掀翻我的屋子。

马永力问：这山上有几条路？

去村子里只有这一条，如果想从别的地方下山，就要翻过那座大山，走下去，有条官道。老人抬手指着远处一大片黑黢黢的阴影道。

两个人千恩万谢送走了老人，就朝山坳走去。孟苗苗从衣兜里掏出了小强光手电，刚想打开，被马永力拦住了：这深山里，有点儿光亮，几里地外都能看见，使不得。

孟苗苗听了，由衷敬佩道：师父，我真佩服你了，想得太周全。再说，刚才你怎么会想到要去那间草房子？

这都是经验，干的年数多了，自然就有路子。老人家住在青瓦房边，说明跟于桂仙家有些关系，在农村，大多是亲戚里道住在一起的。又是草房子，看起来，感情就不会融洽。

孟苗苗似有所悟：师父，干刑警经验很重要。

你说对了，当刑警有时像医生，要细心、耐心，有明察秋毫的眼力，关键时候，要下手稳、准、狠。

还能见人说人话，见鬼说鬼话。孟苗苗接道。

马永力忍不住笑了：这也是咱跟医生的差别，很多时候，为了得到一条线索，要低声下气地跟各种人说小话。要是像电影演的那样，拉着架子，摆出手枪和警官证，根本没人买你的账。

两个刑警在黑暗中摸索着前行，路却越发地窄细了。两旁长满了高高低低的树枝，时而钩住了衣角，时而划疼了手和脸。终于，夜色里露出了山崖锯齿形坚硬的身影。

孟苗苗压抑不住兴奋：师父，羊倌儿很可能就是周春宝，我们今天晚上有戏了。

可不会那么简单。马永力不紧不慢地应道。

我觉得希望很大，有条证据链能够说明问题。

你小子现学现卖的本事倒不小，说说看。

据分局情报科研判，周春宝的傻儿子跟于桂仙的手机通话记录最多，并且都是在年节的时候。通常情况下，外甥和姨母不会有这么多话可说。刚才见到于桂仙，她手机不离身，很紧张的样子，说明手机里有鬼，很可能羊倌儿就是周春宝，年节的时候用于桂仙的手机跟傻儿子联系。

还有那个女治保主任，跟于桂仙关系密切，是冲着于桂仙在县里做官的儿子。马永力接道。

孟苗苗更加兴奋了：抓住周春宝，就给咱局长解决了大问题，我在重案三中队也有了面子。

话音刚落，他就绊了个趔趄，险些跌倒。马永力手疾眼快扶住了他：小心脚下，别只顾了高兴。

师父，确实高兴，从吉林到杨泉，这上千里地跑得值！

山崖下，空灵寂静。月亮照着泥草搭的窝棚、一小块菜地和羊圈。两个刑警悄悄地靠近了窝棚，门虚掩着，里面没有光。孟苗苗轻轻推了一下门，然后迅速躲到旁边，等了片刻，并没有动静。马永力探头朝窝棚里看了看道：没人。

孟苗苗急了：怎么会没有？说着，就闯进了窝棚，打开了强光手电。

几平方米的地方，只有一铺炕、一个锅灶，根本藏不住人。孟苗苗不甘心，又跑到窝棚外，围着羊圈转了半天，也不见半个人影，只好返回。

马永力站在锅灶边，摸了摸黑乎乎的锅，然后掀起了盖子，一股温热的米饭香味飘了出来。

孟苗苗也看见了锅旁的一根火腿肠。两个人互相望了望，同时叹了口气，坐在了炕边。

太郁闷了，人好像就从眼前跑过去了，却没有拿到。

但我们却前进了一大步。

为什么？孟苗苗不解。

羊倌儿跑了，说明心里一定有鬼，基本可以断定他就是周春宝。这总比人在这里，却不是周春宝要好得多。

孟苗苗释然：现在怎么办？

等。米饭还是热的，我估摸着，他也是刚刚知道有警察找上了门，来不及吃饭，就慌着跑出去了。

一定是于桂仙的男人送的信。

马永力点点头：不过，他跑不远。村子里，断不敢去；要翻过前面那座大山，从国道逃跑，至少要一夜的工夫，他没有准备，也难。所以，很可能先找个僻静处躲起来了。

两个刑警等到了午夜，又等到了天光放亮，却仍不见周春宝的影子。马永力推醒了倚着炕边不断打盹的孟苗苗道：我们下山吧。

不等了？

我想出了另一个法子。当务之急是赶在上班前去村委会门口把车子开走，让女治保主任摸不到我们的踪迹。

2011年10月8日

听见开门声，孟苗苗从电脑旁回过头。马永力走进来，身上穿了套破旧、肮脏的迷彩服，肩上背着帆布包，露出几件泥瓦工具。孟苗苗见他的右手空了，不由眼前一亮，站起身：鱼罐头送出去了？

马永力点点头：在小卖店门口守了三天，终于等到了住草房子的老头。

他说了什么？孟苗苗焦急地问。

于桂仙男人11号过生日，到时亲戚们都会来祝寿，这两天，家里已经忙起来了。并且，还有个好消息。马永力说着，将泥瓦工具放到墙角，抓起桌上的矿泉水喝了几口，道：老头还提供，羊倌儿很少下山，但每年这个日子，一定会来祝寿。

太好了！孟苗苗从椅子上蹦起来，可旋即又泄了气：于桂仙男人过生日，他县里当官的儿子也回来，就怕到时添麻烦，妨碍咱们抓羊倌儿。

他儿子回来倒是好事情，毕竟是领导干部，不敢明目张胆地包庇嫌犯。只怕他不在场，于桂仙的男人难对付。

两个人正说着话，孟苗苗的手机响了，一个高昂明亮的女声传出来：小老弟，你好。孟苗苗朝马永力吐了吐舌头，然后大声道：主任，你好，有什么事情？

你们忙什么呢？

正赶路，我们的同事在邻县有任务，人手不够，我和师父去帮忙。孟苗苗随口编道。

马永力朝他竖起了大拇指。孟苗苗有些得意，话头更自如了：你有周春宝的消息了吗？

啊呀，我第二天一早就去了于桂仙家，听说你们也去了，咋匆匆忙忙就走了？

我们跟于桂仙谈了，看起来没啥戏，这边活儿又急，就离开了。你有好消息吗？孟苗苗追问了一句。

啊呀，我也跟她说了半天，确实没有周春宝的线索。这几天，我抽空再去做做工作，如果有消息，马上告诉你们。

孟苗苗连声道谢，收了电话就说：师父，这女人上当了。

马永力点点头：看来，我们的隐蔽计划成功了。住草房的老头还真是个良民，答应了不会透露我们的消息，也守信用。

师父，我真佩服你，用四个鱼罐头就搞定了这件事。要是吊在那娘儿们身上，别说四个鱼罐头，就是送个大礼也未必管用。孟苗苗由衷地说。

这就是经验和方法。遇到困难，换个思路绕过去，否则，对着南墙死撞，啥问题也不能解决……

"五星红旗迎风飘扬……"手机铃声打断了马永力的话。

是局长，他开口就问：怎么样，有进展了吗？

马永力一听他的口气，就知道差的一个半追逃任务还没有着落，于是立即说：三天后，给你拿到人！

真的？局长激动了，又追问道：有把握？

马永力坚决道：有！

那就好。大溪分局已经完成了百分之七十的任务，率先在市局的追逃榜单扛上了红旗，可我们分局的头顶还飘着粉色旗子，看来，我有盼头了。还有，那个锅盖儿脑袋怎么样？

你老人家眼毒，这小子是块好料。

局长的心情好起来：这次请你出山，另一个打算就是，希望带出好苗子。你知道，咱们分局需要刑警骨干，我看中的是锅盖儿脑袋的潜质——有事业心，不贪图轻松享乐。但是，还需要历练。

马永力赶紧拍马屁：你老人家做事从来都是一枪两眼，甚至三眼。我懂你的心思，放心吧。

你们也要注意安全。

马永力答应了，收了电话，脸上车辙般的皱纹却更深更暗了，自语道：怕是要难堪了。

孟苗苗问：你说什么？

马永力一屁股坐在床边：咱们干的这买卖很邪门，往往差一个半个的时候，老天就好像作上了对，真就有可能完不成任务。红旗分局是多年的先进，现在被大溪占了先，自己弄了个粉旗飘飘，估计局长又要在脑袋上多浇几瓶矿泉水了。

孟苗苗安慰道：师父，你别担心，到了11号，只要周春宝露面，我肯定给你按住。

马永力道：只能背水一战。车子藏好了吗？在这种贫困地区，红色轿车太扎眼。

师父，你放心，我藏得连鬼都找不到。再说，那个女治保主任也想不到，我们会住在跑长途司机的大车店里。

马永力说：11号那天，你也要化化装，别露个美国大兵脑袋，比那轿车还扎眼。车子后备厢里有帽子，到时你遮一遮。这两天，也别出门了，省得节外生枝。不过，你也别闲着，用电脑给我干点儿私活儿。

没问题，你尽管吩咐。

马永力却掏出一支烟吸起来，半天没开口，脸上的"车道辙"聚在一起，只剩下个鼻头，显得愈发紫了。孟苗苗小心地问：师父，你怎么了？

他依然不说话，直到吸完了烟才抬起头，仿佛下了某种决心：你上公安信息网，查一下侯天龙。

孟苗苗马上说：我早查过了。总听你跟局长吵吵着他的事情，这几天，你出门蹲守那老头，我闲着无事，就把他查了个底朝天。说着，他凑近马永力：这哥们儿有点儿意思，公安部A级逃犯，在云南公然与缉毒警察枪战，居然能脱身。可是，他跟咱们有什么关系？

侯天龙曾在英纳市犯过命案。

孟苗苗纳闷：我咋在市局的网站上看不见这条信息？网上只有公安部的通缉令。

这是英纳市公安局的疮疤，没有人愿意提起。

为什么？孟苗苗的眼睛瞪得像个铜铃。

马永力忽然焦躁起来：别问那么多了，我给你个名字，尽管查去。

叫什么？

杨琳，三十五岁，望京市人。

孟苗苗见马永力的脸色已变得苍白，再不敢多问，只换了话题：师父，你放心，我保证将她的一举一动都给你查清楚。

你能行？

这两年在治安大队晃悠，空闲时都在研究公安信息网了。孟苗苗有些自得道。

你这小子是有些与众不同，人家都愿意留在治安部门，补助多，轻松，还有些势力，社会上形形色色的老板们都要看他们的脸色行事。

孟苗苗不以为然：太没意思，我还是喜欢刑警，刺激、新鲜，跟我比较配。

你是影视剧看多了，真正的刑警可不是这回事。马永力脱口道。

师父，恕我直言，你缺乏些英雄气概，这一路上跟着你，总觉得窝窝囊囊。那天，局长通知我加入你的追逃小组，我差点儿乐疯了，还以为英纳市公安局刑警四大金刚之一——

右手从胳肢窝里掏枪，腿肚子上还绑了一支77式。遇见黑社会，上去就撂倒，踩着脖子问：服不服？没等孟苗苗说完，马永力就接道。

孟苗苗点点头：是啊，我就想当这样的刑警。

马永力忍不住了：那都是传说加演义。我干了二十多年刑警，体会最多的是压力和焦虑，有的时候，甚至还有恐惧……

你不会是因为害怕才去了信访办，整天跟上访闹事的人磨嘴皮子吧？孟苗苗看着马永力拿着烟微微颤抖的手，试探着问。

咱局长，一肚子花花肠子，他是看准了我磨嘴皮子的功夫，有本事跟上访人员过招，才封了我一个信访办主任的官。

放着热热闹闹的刑警不做，去当弼马温，我看不懂。孟苗苗咕哝道。

人总有老的时候，跑不动了，也折腾不起了，早点儿找个地方，安安稳稳养老。

既然如此，为什么还惦记侯天龙？孟苗苗冷不防问道。

正站起身的马永力愣了一愣，手里的烟蒂也掉在了地上，片刻后才说：我担心拿不到周春宝，做个两手准备。

孟苗苗听了这句话，声音也低了：若是真有闪失，按不住周春宝，我也

没脸回英纳市面对局长。好好的一个领导,因为咱们被免了职……

行了,别想了,干活儿吧。马永力拍了一下孟苗苗的脑袋道。

爸爸,来电话了。"五星红旗迎风飘扬……"忽然换成了一阵娇嗲的童音。马永力连忙打开手机。

爸爸!又是一声奶声奶气的呼唤,马永力的鼻头由紫色变成了艳艳的红色,笑容梳开了"车道辙",悠悠然飞出了眉毛:宝宝。

爸爸!

唉!

爸爸!

唉!

马永力答应了一次又一次,对方还在"爸爸"不止。终于,一个脆亮的女声传出来:大哥,你在哪儿呢?

已经到了杨泉,正在工作。

我的车还好?

你放心,我像爱护眼珠子一样爱护它。

电话里传出了一阵清亮的笑声:你别贫了。大哥,工作效率高点儿,别磨洋工,早点儿完活儿,早点儿回家。

好,好,放心吧。马永力一迭声应道,放下了电话。

抬起头,孟苗苗站在身边,侧着脸,歪着头,脸上挂着狡黠的笑容:师父,你行啊,老实交代,这都是咋回事?

啊呀,是你嫂子和闺女。一个愿意开玩笑,一个刚刚会说话,就学会了个"爸爸"。

孟苗苗瞪大了眼睛:二婚?

马永力连连点头:二婚,二婚。

头婚呢?

说来话长,以后慢慢告诉你。

孟苗苗感叹:年轻人到处相亲,找对象比抓坏蛋都难,你却与时俱进,艳福不浅。我还纳闷，五十大几的人，整天休闲西服加牛仔裤，原来是为了嫂子装嫩。

马永力无奈地笑笑：这都是你嫂子的杰作，没办法，工资全部上交，只好人家买什么就穿什么。

孟苗苗摆摆手：赶紧换下那套民工服吧，让嫂子看见，不休了你才怪！

2011年10月11日

黎明时，一辆红色轿车悄悄驶进了林阜村，转来转去，停在了河沟边一条窄窄的土路上，然后，便无声无息了。太阳升起，毛茸茸的光由车尾渐渐移到车顶，从对面于桂仙家的青瓦房望过来，只能看见一片刺眼的亮。

正午时分，村子里热闹起来，三三两两的人从各个院落走出，会集到河沟边，走进了青瓦房。待人流稀少时，一老一少、一高一矮两个人若无其事地跟了上去。

师父，你确定不通知当地派出所？孟苗苗抬手拽了拽帽檐悄声问。

马永力摇摇头：他们来了比不来还麻烦，都要完成追逃任务，即使拿到了周春宝，也断不会让我们带出杨泉。

哦，知道了。

进了院子，眼要快，动作更要快。我直接奔于桂仙的男人，控制住他。你负责找周春宝。

师父，你放心，我昨天晚上睡不着，瞪着周春宝的照片看了一宿，已经印在心里了。

三年多了，或许会有些变化，一定要看准了再下手。

说着话，两个人走到了青瓦房的门口。祝寿的筵席搭在院子里，有十几桌，正举杯开席。趁着大家的注意力都在酒杯上，马永力悄悄地顺着院边朝主桌上的于桂仙男人靠过去。

孟苗苗更快，一眼看见了离自己不远的周春宝，如恶虎般扑过去，揪住了羊倌儿的衣领，就朝院子外拖。这一闹，十几桌的人都站了起来，也挡住了马永力的路。于桂仙的男人挥起拐杖就喊：哪里来的土匪，给我打！

话音刚落，村民们就动了手，拳头、酒杯横飞，打掉了孟苗苗的帽子，他连忙大喊：警察，执行公务！

打的就是警察，给我往死里打！于桂仙的男人像个独眼寨主，直勾勾地盯着天喊道。马永力奋力挤到他身边：请你冷静，我们是英纳市公安局刑警。

尿！林阜派出所所长来了，也滚个尿！说完，就拎起拐杖朝着马永力没头没脑地扫过来。

那边的孟苗苗，已经被一群人围住，他一边奋力挣扎，一边死死地揪住周春宝的衣领。马永力见势不妙，大声喊道：快跑！话音未落，后背就重重地挨了一拐杖。接着，又有人操起了家伙，直接砸中了孟苗苗的胳膊，他一松手，周春宝一溜烟地跑出了院子。

见人已经跑了，孟苗苗急了，对着周围的人就要施展拳脚。马永力奋力冲过来，拉住他就跑，后面的人紧追不舍，一直追到了红色轿车边。马永力只好站住脚，亮出了警官证，孟苗苗则掏出了短警棍和手铐。

一群人愣住了。两个刑警借机上了车，孟苗苗发动了车子，猛踩下油门。外面的人想拦，已经来不及了，轿车冲上了河沟边的主道，只听咣当一声，一块石头就砸在了后面的挡风玻璃上，接着，又滚下了后备厢。

孟苗苗不由喊了声：糟了。

马永力道：别管，快跑！

红色轿车一路疾驰，直到上了村外的大马路才停了下来。孟苗苗趴在方向盘上就哭了：这些王八蛋，要是在英纳市，我一定带弟兄们平了他们。

马永力拍着他的后背，深深地叹了口气。

孟苗苗终于平静下来，抹了一下眼睛：师父，现在怎么办？

马永力想了想，拿出了手机，沉思片刻后，开始发短信。几分钟后，他说：回旅馆。

孟苗苗眼巴巴地看着他：回去怎么办？

走吧，有办法。

当车子停在旅馆门口的时候，马永力的手机响了，是女治保主任，她扯着高而亮的女声连说了一串"对不起"。

马永力耐心听着，等她终于住了口，才道：我们现在去杨泉县公安局报案，小孟的头部和胳膊都受了伤，我的后背也伤得不轻，车子被砸，你通知于桂仙的亲属们等待调查。说到这里，马永力顿了一顿：我提醒你，周春宝逃跑了，我们无法完成任务，就打算待在杨泉县处理这起妨害公务案，县公安局处理不好，我们就去市里，市里处理不好，我们就去省厅。作为党的干部，你有包庇、纵容逃犯的嫌疑，到时追查下来，要负刑事责任的。

听了马永力的话，女治保主任乱了方寸：请你千万手下留情，我马上去于桂仙家做工作，让他们找回周春宝，交给你们。

马永力欲擒故纵：他已经跑了，去哪里找，我们还是县公安局见吧。

女治保主任彻底慌了，语无伦次道：一定能找回来，周春宝养着六十多只羊，那是他的命根子，舍不得扔下。

别糊弄人了，周春宝替于桂仙家养羊，怎么会成了他的命根子？

你有所不知，周春宝不要工钱，只要羊羔，三年多下来，已经有六十多只羊了。

马永力的眼睛亮了：行，你我都是为党工作，三天之内，你找到周春宝交给我，就算他投案自首，到时，还有从宽政策。至于这起妨害公务案，我们还是要到县公安局取个证，以防万一。

你们能不去县公安局吗？女人的声音里拖出了哭腔。

先取证，到时我们可以要求撤案。

听了马永力和女人的对话，孟苗苗乐了：师父，我还以为无颜见江东父老了呢，该去找根上吊绳，直接套脖子上，这回倒好，又有希望了。

马永力点点头：世间的事情就是这样，好坏都无法定论，随着时间和条件变幻莫测。

孟苗苗困惑了：我觉得不对，警察就是警察，罪犯就是罪犯。

那也不一定，警察和罪犯都是人，这中间地带有笔糊涂账，很难算清。

孟苗苗咕哝道：我不懂。但不管怎么说，今天，我们受了点儿小伤也值了，只是可惜了嫂子的车子。

没关系，回去再说吧。你用手机将车子和我们的伤拍个照，千万保存好，如果不能抓住周春宝，我们无颜回英纳市，真要在这个鬼地方当上访户了。

靠！师父，你的话还真有道理，也许忽忽悠悠之间，我们就从警察变成了四处告状的秦香莲。

马永力脸上的"车道辙"又聚在了一起：局长至今没有来电话，说明那一个半还没有着落。他如果引咎辞职，我一定要把女治保主任送进局子里！

马永力的手机再次响起，电话里的人开门见山：我是林阜派出所所长刘三亮，你们受委屈了。

马永力道：没关系。然后又故意装糊涂：你咋知道我们的事情？

刘所长倒直率：村治保主任找到了我，说了今天的事情，我替她求个情，你们别去县公安局了，来派出所，我给你们做个笔录。

马永力见这是个敞亮的主，便说：刘所长，我也打开天窗说亮话，冲你的面子，我可以考虑放过治保主任，但是，你必须让我们把周春宝带回英纳市。

刘三亮爽朗道：行，反正虱子多了不咬人。杨泉这块地界，自古就犯罪多发，自清网行动以来，我每天都要接待、配合全国各地的弟兄们，忙得焦头烂额。在这里当所长，也算命苦，乡里乡亲都得罪了，我也没有完成任务，不差一个周春宝。

马永力有些感动：谢谢，我已经与治保主任约定，三天内，她带周春宝到派出所自首，到时我们再细谈。

2011年10月15日

天还未亮，孟苗苗就爬了起来，蹑手蹑脚来到了桌子前，刚刚打开电脑，另一张床上的马永力说话了：你小子真是个夜猫子，昨晚半夜才睡，现在就起身。

睡不着啊，今天是最后一天，也不知道治保主任搞什么鬼，连电话也没有一个，真担心再让周春宝逃了。

马永力坐了起来：越到这个时候，越要沉住气。

这日子太难熬了，局长也没有电话，看来，那一个半依然没戏。孟苗苗瞅了瞅满屋子的矿泉水瓶子、方便面盒子道。

咱局长确实有肚量，即使如此，他也不再给我们打电话。大家都心照不宣，有了好消息绝不会瞒着，他知道我们遇到了难处。到这个时候，才能看出谁是真爷们儿，咱局长确实算条汉子。我们也要沉住气，说说杨琳的事情吧。

孟苗苗不耐烦：哪有心情查她的踪迹，心里堵得都快爆炸了。

如果真的拿不到周春宝，我们只有上路了。马永力仿佛下了某种决心。

孟苗苗瞪起了眼睛：你是说，要去追公安部A级逃犯侯天龙？有线索吗？

杨琳就是线索。她本是侯天龙表弟的女朋友，有一天，三个人同居一室，看过了录像，便各自睡了。我估计，他们那夜看的是黄色电影。到了半夜，侯天龙把持不住，拽掉中间的帘子，将表弟扔进卫生间，对杨琳下了手。女孩拼命挣扎，侯天龙恼羞成怒，随手操起电熨斗猛砸了下去。几分钟后，女孩就没有了动静，侯天龙也清醒了，冲进厨房拿起刀砍断了左手小指，然后拉起已经吓傻了的表弟，跪在女孩身旁，磕了几个响头，就逃出了屋子。

孟苗苗听得目瞪口呆：原来，这侯天龙背了好几条人命。

但是，杨琳并没有死，捡了条命，却已毁了容，无法见人。

师父，你好像很了解侯天龙？孟苗苗看着马永力的脸色试探着问道。

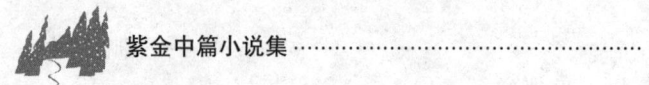

说起来话太长,你先查查杨琳吧。

孟苗苗答应了,就打开专用笔记本电脑,一头扎进了公安信息网。

马永力泡了盒方便面放在他旁边,自己也胡乱吃了一盒,就倚在床头,将电视调到静音,眼睛直勾勾地对着荧屏,一支接一支地抽起了烟。

当马永力觉得应该再吃一盒方便面的时候,孟苗苗从电脑前抬起了头:师父,有重要情况。

马永力腾地从床上起了身,来到桌子旁。

孟苗苗将电脑转到他眼前:自2002年起,杨琳每年春节都能收到一笔汇款,寄出地并不固定,但数额相同,每次五千元。我查了杨琳的所有亲属,并没有与寄出地有关的人。尤其是最后一笔汇款有些奇怪,在2009年6月从黑龙江靠近中俄边境的乌河市寄出后,便再没有了音讯。

你怎么看这件事?

我觉得钱是侯天龙汇的。

有什么证据?

侯天龙强奸了杨琳后用刀剁掉了自己小指的一节,说明他良心未泯,懊悔异常。我推测,后来他听说杨琳无法出门工作,就汇钱给她,有些赎罪的意思。

事情正是如此。马永力果断道。

师父,这只是我的猜测,不一定准确。

马永力用手指着电脑屏幕道:这里有证据。安徽、云南、青海,市局刑警支队的人都去过,说明侯天龙在这些地方露出过马脚,只是他太狡猾,每次都逃脱了。

孟苗苗惊奇:师父,这些年你一直关注侯天龙?

马永力点点头。

市局刑警支队知道杨琳的事情吗?

也许吧,我不太清楚。

你又是怎么知道的？

自从调到信访办，趁休假时，我就去侯天龙的家乡望京干点儿细活儿。

这么说，你已经很了解他的底细了。

是的。他当过武警，在部队里曾被评为优秀士兵，身体彪悍，练了一身好功夫。只是复员后，命运不济。先是在一家国企当司机，本可给老总开车，却被有关系的人顶了下来，接着，又下了岗。一年多后，他在繁华地区开了家娱乐厅，因年轻、性子急，处理不好各路关系，很快就关了门。从此仇恨权势，拉着表弟到吉林买了支枪，准备劫富济贫、替天行道。就是在那时，发生了杨琳的事情，彻底将他逼上了不归路。先是跑到云南贩毒，与缉毒警察遭遇，枪战中，侯天龙的表弟被打死，他也打伤了两名警察，从此被列为公安部A级逃犯。

孟苗苗听得入神：这家伙凶残、危险，如果能跟他过过手，不枉当刑警一遭。

听了这句话，马永力的脸色开始变得苍白，离开电脑，坐在了床边，神情颓然。他抖着手点了一支烟，道：侯天龙由云南流窜到英纳市，市局刑警支队得到信息，马上派出刑警跟踪。他已是惊弓之鸟，又当过武警，很快发现被跟踪，于是，在马路上劫持了一个女孩子，装作恋人进入酒店，想混进餐厅趁乱逃脱。说到这里，马永力的脸色已变得灰白，手里的香烟也忘了吸，一长截烟灰簌簌地落在裤子上。

后来怎样？孟苗苗焦急地问。

他用藏在袖管里的改装短猎枪打死了人质。

我们的人是摆设？

马永力颓然摇摇手：跟踪的刑警没有配枪。

孟苗苗猛地砸了一下手里的鼠标：我就不明白，让我们干活儿，又不给配枪。你看看人家美国警察，手枪时刻不离身。

两国国情不一样，带不带枪没有想的那么简单。其实，刑警们大多不愿意带枪，纯属负担，又怕丢，又怕走火，只要有个闪失，这身制服就穿不住了。

所以，全国出来追逃的警察都不带枪？可是，真的遇见侯天龙怎么办？

见孟苗苗有些紧张，马永力赶紧缓和气氛：其实，侯天龙也有另一面，说出来，你都不会相信。我在望京走访时，邻居们说，他自幼就非常听话懂事，是母亲最疼爱的儿子。

听到"母亲"二字，孟苗苗拍了拍前额：差点儿忘了，还有更重要的线索。

马永力忽地站起身，又来到电脑前：什么线索？

侯天龙很可能就隐藏在乌河市！我仔细查了他母亲近几年的踪迹，去年，老太太破天荒地乘飞机出门，到了哈尔滨。

然后转道去乌河市？马永力迫不及待地问。

孟苗苗摇了摇头。

别卖关子，快说！

我只能查出他母亲到了哈尔滨，关键是回程比较奇怪，买的是从绥西市返回望京的机票。

马永力糊涂了：这是为什么？

孟苗苗在电脑上迅速调出了地图，道：你仔细看看哈尔滨、乌河和绥西。

马永力看了半天，不得要领。孟苗苗见难住了师父，有些得意，用手指在屏幕上先从乌河画到哈尔滨，然后又从绥西画到乌河，问道：你发现了什么？

马永力恍然大悟：乌河正在两个城市中间，且距离差不多。可是，又能说明什么问题呢？

孟苗苗更得意了，拍了拍马永力的肩膀：你想，就算老太太是出门旅游，也大可不必从哈尔滨绕到绥西回望京，再说，那里也不是旅游城市。唯一的解释就是她从哈尔滨去了乌河，又从乌河到了绥西，然后乘机返回望京。

可是，有一点我不明白，她为什么不再返回哈尔滨乘飞机？马永力皱着眉头问。

我查过了，哈尔滨到望京是旅游热线，机票很少打折，而从绥西到望京，经常有折扣很低的机票。

老太太能弄得清楚这些事情？马永力疑惑地问。

师父，你太聪明了，居然能想到这一层。我查过了，机票是望京的一家旅行社订的，而侯天龙的姐姐就在那里工作。

太好了，马永力忍不住抱住孟苗苗黑一截白一截的脑袋，用力摸了摸，然后由衷地说：年轻人确实厉害，把这公安信息网玩得炉火纯青，我跑了几年，都不如你这半天的工夫。

这就叫信息化破案，怎么样，神奇吧？孟苗苗扬扬自得道。

神奇，神奇。马永力连连点头。

要不要将这件事情告诉局长？孟苗苗试探着问。

马永力沉思了片刻，说：暂时等一等。当务之急是完成百分之七十的指标。说完，拿出手机看了看：局长大概又在用矿泉水浇脑袋。

孟苗苗扔下了鼠标，来到床前，将自己摔进了枕头里，深深地叹了口气：这日子没法过了，缺德的治保主任也没有电话。

马永力看了看表：现在是下午两点半，我们一定要沉住气。

两个刑警又吃了一盒方便面，喝了矿泉水，然后，一张床上躺一个，盯着电视发呆。

时间却不会发呆，窸窸窣窣就磨去了最后一点儿天光。电视上反复在播综艺娱乐节目，参与者们仿佛着了魔，从岸上折腾到水里，再从水里爬到岸上。孟苗苗忽然开了口，焦躁道：师父，你说这些人脑袋是不是让门给挤坏了？说着话，从床上起身，走进了卫生间，半天才走出来，哭丧着脸道：师父，这屋子太憋屈，我尿不出尿。

听孟苗苗这么说，马永力才想起这孩子确实一整天没尿出尿，赶紧坐起身：不会憋出毛病吧？

孟苗苗赶紧摆摆手：没事，你让我出去遛遛，心里敞亮了，就好了。

马永力犹豫了一下，只得答应：别走远，就在这附近转转。

好。孟苗苗蹦出这个字后，就一阵风似的刮出了门。

来到旅店外，他如神行太保，三转两转，就跑到了红色轿车的隐蔽处，打开后备厢，找出马永力的那套破迷彩服换上，又顺手抓了顶破帽子扣在头上，然后开上车子，朝林阜村赶去。

他先来到村委会，见所有的办公室都黑着灯，于是，掉过车头进了村，趁着夜色掩护，将车子开到了河沟边的土路上，然后熄了火，下车朝于桂仙家走去。来到院子外，轻轻推了推耳门，却已上了锁。他焦躁地在门口转了几圈，忽然有了主意。他绕到西面院墙，倒退了几步，噌地蹿上了墙头，于是，屋里的一切便尽收眼底。只见女治保主任坐在沙发上，正对于桂仙和她男人说着什么，她很卖力，一会儿挥手，一会儿又站起身。孟苗苗不禁心底发凉：看起来，周春宝依然没有消息。一着急，脚下不稳，就掉下了墙头。孟苗苗坐在地上，想了半天，果断站起身，跑回河沟边的土路，开了车，一边走一边回忆，终于找到了那条上山路。

他将轿车藏好，然后，朝黑黢黢的山上走去。旷野清凉，山风一过，孟苗苗不禁神清气爽，朝着旁边的矮树丛撒了一泡尿，又掏出手机关了机，然后一边走一边自语道：对不起了，师父，与其坐在屋子里憋死，不如上山找找羊倌儿。

不知走了多久，路越发地窄细了，两旁长满了高高低低的树枝，时而钩住了衣角，时而划疼了手和脸。孟苗苗不禁精神一振，知道离羊倌儿的窝棚不远了，于是，又埋头苦走起来。终于，夜色里露出了山崖坚硬的锯齿形身影。

忽然，孟苗苗停住了脚，竖起耳朵静静地听了片刻，一阵树枝钩住衣服的声音传过来。他立即紧张起来，回身看了看四周，然后小心地躲着树枝，退了十几步，趴在了一处宽敞地。

一个人在夜色中摸了过来，孟苗苗努力按捺住狂跳的心，直等到那人几乎踩到了自己的头，才从地上一跃而起，将那人死死地压在了身下。

救命啊！山谷里回荡起惊恐的喊声，在无边的夜色里显得格外刺耳、瘆人。孟苗苗也乱了心神，跟着"啊、啊"地喊起来。两个人声嘶力竭地喊了足有半个小时，孟苗苗首先反应过来，叫道：周春宝！

身下的人马上本能地答道：是，是。

哈哈哈，呵呵呵，可算找着你了。孟苗苗猛地站起身，嘴里哼着嘻哈调，手里攥着周春宝的衣领，拖着他，一边转圈，一边继续唱：咱们警察呀，今儿个真高兴，咱们警察呀，今儿个真高兴……

周春宝扭动身子拼命挣扎，扑通一声，跪在地上，抱住了孟苗苗的腿，发出了老狼哀嚎般的哭声：求求你，放过我吧，求求你，求求你……

孟苗苗想挣脱，却怎么也拔不出腿。他急了，弯下腰揪住周春宝的衣服提了起来：你当是幼儿园小朋友，犯了错，求一求就想逃过去？杀人偿命，欠债还钱，王子犯法，与民同罪，何况你一介羊倌儿。

我没杀人，我没杀人！周春宝像抓住了救命稻草，咬住这句话，嚷个没完。

孟苗苗略一松手，他又跪下了：都是为了我那个傻儿子。那孩子从小没了娘，二十多年了，我守着他，走到哪儿，带到哪儿。前些年，我带着他在英纳市的粮库里打工，专门拣混在粮食里的土块、沙砾。有几个打工的人总欺负他，我多次劝说也不听。那天，他们又拿我儿子寻开心，说他不是男人，气得我儿子要脱裤子。我急了，操起把铁锹就砍过去，那人躺在地上不动了，我吓傻了，扔下铁锹就逃了。

你解气了，人家在医院躺了两个月。现在，你想求一求就搞定这件事，难道法律和警察是摆设？

我实在有难处呀。周春宝的哭声更悲戚了：老家的乡亲给傻儿子说了一门亲事，人家要八万元彩礼。那姑娘不错，就是娘家出了大变故，需要用钱，才答应嫁给傻儿子。我养了三年羊，已经有六十多只了，再熬个两三年，就能凑够彩礼钱。到那时，傻儿子有了着落，我死也能闭上眼睛了，随你们怎么样都行。

听着周春宝的哭诉，孟苗苗心酸了，手也松了许多。羊倌儿借机又抱住了他的腿：我年龄大了，有今天，不知明天会咋样。你把我抓起来，傻儿子就全完了。

孟苗苗的心更加酸软了，可想起用矿泉水不断浇脑袋的局长，就横下了

心,再次将周春宝从地上拽起来,拖着朝山下走去,一边走一边道:实在对不起,不是我想抓你,是我们局长让我抓的。说到这里,他顿了一顿,又道:也不是我们局长想抓你,是他上面的那个局长想抓你。进了监狱,要恨,你就恨他吧。

说着话,孟苗苗想起了局长和师父,于是,一边得意地哼着嘻哈调,一边掏出手机开了机,可等了半天也没有信号。他慌了,一手拖着周春宝,一手举着电话向左跑几步,再向右跑几步,退三步,进四步,折腾大半天,也不见有信号。

他看了看手机上的时间,已近晚上10点钟。孟苗苗更慌了,问周春宝:这山上哪里有手机信号?

没有,要到山下才行。

孟苗苗急问:我们还要多久能走出去?

一个多小时。

啊,真的?

一声惊叫后,孟苗苗迅速在心里计算时间:走到山下要11点多,再找到合适的地方,用手机给周春宝拍下照,传回分局情报科,然后转至立案地派出所,与卷宗比对确认后,拿到撤案密码,少说也要12点钟。而完成百分之七十追逃指标的最后期限就是今夜12点!想到这里,孟苗苗捂在破迷彩服里的一身汗霎时干了、冷了,他情不自禁地嚷道:完了,完了,糟了,糟了。说着,拖住周春宝的衣领,不顾一切地朝山下跑去。

两个人跟跟跄跄跑下了山,已是筋疲力尽。孟苗苗看了看手机,信号源仅哆哆嗦嗦勉强显示出一个最矮的小格。周春宝一屁股坐在地上,任孟苗苗又拖又拽,也不站起来,像条老狗般赖在那里:你枪毙我吧,死也走不动了。

孟苗苗心急如焚,可拖着两腿如灌了铅的周春宝,也走不动了。他抬起头,居然看见了月亮下的红色轿车,好像离自己不足二十米,心里一急一乐,放开周春宝,就朝车子跑过去。

等他开着车子回来，却不见了周春宝。孟苗苗顿时傻了，环顾四周，只有荆棘丛生的山野树林，黑漆漆的阴影压下来，无情地包围了他。

啪！一记响亮的耳光落在了孟苗苗的脸上。

谁批准你关手机的？马永力的脸又黑又紧，像枚隔年的山核桃，在孟苗苗的眼前晃动、咆哮。

我想亲手抓住周春宝，又担心你拖后腿，所以……

你混蛋！想显本事？想抢功？

师父，你误会了，我绝没有那样想。

可是，你知道我怎么想吗？马永力猛地揪住了孟苗苗的领口：我以为你喂了狼，喂了狗。说到这里，他哽咽了：混蛋玩意儿，知不知道，你爹妈只有你这一根苗，出了事，让我怎么交代。

听了他的话，孟苗苗却破涕为笑了：师父，我以为丢了周春宝让你生气了，原来是为了我。你放心，我属虎，猫科动物，有九条命。

去你的！马永力猛地推开了他，颓然蹲在了地上，喃喃道：什么时候你能明白这一行的厉害，难道非要见到棺材才落泪吗？

孟苗苗心里嘀咕：这老头也太脆弱。嘴上却不敢造次，只嗫嚅道：周春宝跑了，现在怎么办？

马永力缓缓站起身，看了看表，已是午夜12点10分，他机械地垂下了手腕，脸朝墙，默默地站着，投下了一个僵硬、绝望的身影。

孟苗苗也全然没有了美国大兵的风采，因为穿的是马永力的破迷彩服，短了半截的裤脚吊在小腿上，满身灰土，脑袋上歪着一顶破帽子，站在那里，不停地用手搓鼻子，努力将不断涌出的眼泪搓回去。

一阵歌声传来："五星红旗迎风飘扬……"

孟苗苗立即慌了：是局长吗？

马永力的眼睛却亮了，他迫不及待地打开手机：刘所长，怎么样？

你们马上赶过来，周春宝到案了。

行，行，我这就赶过去。马永力抖着手合上手机，对孟苗苗道：快，我们出发。

孟苗苗却站在那里不动：还有什么用，黄花菜都凉了。

马永力照着他的屁股踢了一脚：黄花菜凉了，就不干活儿了？快走！

上了车，马永力掏出手机发短信，孟苗苗好奇，一边开车，一边小心地探头看了看：这么晚了，发啥短信？

还不是为了你，失踪了几个小时，我都急疯了，只好给局长打电话汇报。他还以为我们拿到了周春宝，哪知接到了这种消息。这家伙真是条汉子，只说，你沉住气，再等一等，有情况报我。

孟苗苗颓然道：完了，我在局长心目中的印象彻底完了，人抓不到，还惹了麻烦，没脸回英纳市了。

马永力刚按下发送键，就收到了回信：找到就好，注意安全。他看了半天，深叹了口气：这家伙真折磨人，说这种不疼不痒的话，不如打我骂我呢。

你就告诉他，拿到周春宝了。孟苗苗试探道。

马永力更深地叹了口气：已经过了规定时间，哪还有脸告诉他这件事。

孟苗苗狠砸了方向盘一拳：师父，我现在死的心都有！

两个人进了派出所，就见周春宝坐在长椅上。孟苗苗见到他，就像一截导火索，噼里啪啦冒着火星直逼过去。所长刘三亮手疾眼快，一步跨到了周春宝前面，拦住孟苗苗道：你们去我办公室坐。

上了楼，进了屋，女治保主任迎了上来，迫不及待道：我把周春宝带来了。

孟苗苗嘴里仿佛含了枪子：有什么用，我们已经砸锅了。

女治保主任愕然：这怎么说？

马永力连忙瞪了孟苗苗一眼，然后道：谢谢你。

刘三亮殷勤地泡了茶，又端到两个刑警面前：我们谈一谈吧。

孟苗苗依然含着枪子：还有什么废话，人带走就是，难道你想反悔？

刘三亮连忙摆手，然后转向马永力道：你看，周春宝自首了，这个情节是不是可以考虑考虑？

马永力端起茶杯喝了口水，然后微微笑道：依刘所长的意思，应该如何？

刘三亮弯下身子，将胳膊支在桌子上，凑近马永力：我问了周春宝的案情，加上自首情节，可以办取保候审。

孟苗苗忽地站起身：你做梦！想把人留下，除非杀了我！

马永力拉住他，用力拽了拽，然后对刘三亮说：我也了解他的案情，你说得没错。只是，要想为周春宝办取保候审，还需做被害者的工作，取得谅解，提出赔偿方案，才更稳妥。

你就帮帮忙吧。还未等刘三亮说话，女治保主任迫不及待地开了口。

马永力皱了皱眉头，掏出一支烟点燃了，说：可以。我把人带回去，做好被害者工作，然后争取在英纳市为他办理取保候审，这样做，为以后法院起诉、开庭也提供了便利。

不行，不行。刘三亮和女治保主任异口同声道。

孟苗苗幸灾乐祸道：为啥不行，我师父说的完全符合法律规范，对周春宝和被害者都公平。

刘三亮急了，脖子上的青筋突突地跳，脸也红起来：我们单独谈谈。然后，不由分说，拉起马永力就去了隔壁的房间。

关上房门，刘三亮就说：老哥，求你帮帮兄弟。周春宝连襟的儿子在县上主管财政工作，乡里、村里都需要钱，咱派出所不但需要钱，还需要各级政府的支持，如果你把周春宝留下，我的日子会好过些。

马永力看了看他，道：你好过了，我们可难过了。回去，要做被害者的工作；等到法院开庭的时候，还要派人来将周春宝带回英纳市。万一你们照应不够，他再逃了，我们的活儿就等于白干。

我保证看牢他，绝不会让他再逃！刘三亮情不自禁举起右手，发誓道。

马永力掏出了一支烟，在桌子上蹾了蹾，然后不紧不慢地点燃了，深深地吸了一口。

　　刘三亮见他不说话，又道：周春宝为他连襟养羊，不要工钱，只要羊羔，听说，已经有六十多只了，是为他的傻儿子攒彩礼钱。如果你将他带回英纳市，这生意也就完了，不但钱攒不够，这六十多只羊也未必保得住。

　　听了这些话，马永力手里的香烟停在了半空中：你咋知道的？

　　治保主任说的。

　　马永力愣了片刻，将手里的烟掐灭了，说：我答应你，留下周春宝。不过，你也要帮个忙。

　　行，你尽管吩咐。

　　截至晚上12点，我们分局必须完成百分之七十的追逃任务，就差了周春宝这一个。你写份材料，证明孟苗苗在晚上时抓住了他，请治保主任也签个字，然后传真到红旗分局指挥中心。

　　没问题，这本来就是事实。治保主任说，周春宝从山上直接跑到了于桂仙家，并没有逃走。

　　两个人回到办公室，孟苗苗一听说要给周春宝办理取保候审，抓下头上的破帽子就摔在桌子上：我不干了，这叫什么鬼刑警，成了居委会老妈子，说了不算，算了不说！

　　马永力看着狼狈不堪的孟苗苗，半天憋出了一句话：办了取保候审，我们也能完成指标。

　　真的？孟苗苗睁大了眼睛，旋即又嚷道：你别哄我了。现在已经过了午夜12点，即使撤了网也不算数，如何能完成指标？

　　马永力走过来，拍了拍他的肩膀：我自有办法，给周春宝办手续吧。

　　已是夜里两点钟，红色轿车行驶在浓墨般的夜里。马永力驾车，孟苗苗蜷缩在旁边的座位上打着盹。忽然，他嚷起来：抓住了，抓住了！周春宝，你跟我回英纳市！

马永力推了推他，孟苗苗坐起身子，一边揉眼睛，一边问：到家了吗？说完，扭过头，朝窗外看去。片刻后，深深地叹了口气，又蜷起了身子。

马永力道：别泄气，周春宝能算上指标。

孟苗苗不语。

马永力又说：刘所长已经将你在 11 点钟时抓到了周春宝的证明材料发回了分局指挥中心，估计这会儿已经到了局长的手里。

孟苗苗抬起了头：会有用吗？

差不多，我了解咱局长，两只大眼睛一眨巴，就是鬼点子，相信会用足这份材料。

看来没戏，如果用得上，他早给我们打电话了。

孟苗苗的话戳到了马永力的痛处，他深深地叹了口气，道：我们尽力了，剩下的事情只能听天由命。现在怎么办？

马永力侧头看了看孟苗苗，反问：你说呢？

去黑龙江，抓侯天龙，即使被他打死，也比回英纳市强！

好！是条汉子，我们去黑龙江！

2011 年 10 月 18 日

在浅灰色的黎明里，一艘滚装船驶进了英纳市港口。随着阵阵轰鸣声，它张开巨口，一辆接一辆吐出了肚子里的汽车。马永力和孟苗苗的红色轿车夹在其中，随着缓缓的车流，驶出了港口，驶进了干净、清新的英纳市。

关机吧。马永力一边开车，一边对身旁的孟苗苗道。

为什么？

马永力看着挡风玻璃外熟悉的景色，喉头涌动了几次，才说：我担心接到你嫂子的电话。我们坐了一天一夜的滚装船，手机没有信号，她一定急疯了。

孟苗苗黯然道：你就打个电话跟她说我们要去黑龙江。

马永力摇了摇头：她要是知道我在英纳市下了船，路过家门而不入，非抱着孩子追来不可。说完，叹了口气：你嫂子什么都好，就是太任性。

孟苗苗乐了，调侃道：你老人家是自作自受，五十大几的人娶了个70后，自然要当孩子哄。说到这里，他凑过来：师父，你到底如何将嫂子弄到了手？

不是我弄她，是她搞定了我。说着话，车子正驶到空旷处，早晨的阳光飘飘洒洒，在马永力的眼睛里留下了一抹玫瑰色，令他灰白的脸色也变得温暖、柔和起来。

孟苗苗看了看他，低下了头，咬着嘴唇，先关了自己的手机，又拿过马永力的，按下关机键，然后说：我想回分局，也想回家。

红色轿车驶上了坡路，远处秋天的海，蔚蓝、宁静，像块蓝宝石镶嵌在澄明的天空下。它不禁慢了下来，如盛装的女孩恋恋不舍地绕着自己的舞台而行。

嗨，小子，说一说，下一步你打算怎么办？马永力首先打破了沉默。

给情报科打电话，申请对侯天龙母亲的手机进行技术侦查。孟苗苗打开车窗，一边贪婪地呼吸着微咸、湿润的空气，一边回答。

好，我就欣赏你这一点，脑子里时刻装着工作。不过，我有另外的想法。

你说，孟苗苗转过头，直起了身子。

当务之急是赶到西柳，到了那里，再开手机，给分局打电话。

为什么？孟苗苗不解。

西柳有一个批发集市，东西很便宜，去买些过冬的衣服。在这个季节里，黑龙江的冬天说来就来，气温很快就会降到零度以下，我们身上的行头，只够当衬衣。

回分局拿上制服棉衣和棉靴怎么样，又省钱，还暖和。孟苗苗热切地说。

进了分局的门，你就别想再出来。马永力断然道，还不知局长的情况怎样，他若真的引咎辞职了，我们回去就是众矢之的，总要给政治处、纪检组一个交代。

听了这话，孟苗苗的眼神黯淡了：处分，为什么要处分？

马永力拍了拍他的肩膀：害怕了？

孟苗苗的眼里有了泪光：从进了警校那天起，我就想当个优秀的警察，可现在……

当优秀的警察？哪有那么简单。马永力喃喃道。

你不怕被处分？

马永力苦笑着摇摇头。

既然不怕，为什么不回分局？

咱局长救过我两次，我欠他人情。说到这里，马永力顿了一顿，又道：侯天龙是英纳市唯一的公安部A级逃犯，抓住他，就能扛回红旗分局的旗帜。即使咱局长已经引咎辞职，也要为他挽回这张面子。

孟苗苗来了精神，直起身子问道：救你？怎么回事？

十年前，我必须离开市局刑警支队，却又没有单位接收，咱局长当时在市局政治部任职，暗中帮忙，让我去了红旗分局。后来，他调到红旗分局当局长，给我封了个信访办主任。你知道，真正的刑警，年轻时精力都集中在破案上，很少关心如何谋个官位。过了五十岁，就成了荒料，熬夜、奔波都不行了，转行学习其他公安业务也来不及，下场都挺凄凉。我算幸运，信访办主任尽管只是正科级，可大小也是个官，名声好，还清闲，又不必担太多的责任。

孟苗苗由衷地说：他人真好。不过，你为什么要离开市局刑警支队？

马永力深深地叹了口气：索性都告诉你吧，听了我的故事，如果你还想当刑警，咱局长就没看错你。说到这里，车子驶上了跨海大桥，马永力将车停在桥边，打开车窗，极致的蓝，咸润的风，顿时涌了进来。他点了支烟，吸了半截才说：侯天龙就是当着我的面，杀害了劫持的人质。

什，什么？孟苗苗惊得心脏险些从嘴里蹦出来。

当时的刑警支队领导是个思维方式很奇怪的人，每遇案件，他的想法总与大家相悖,并且,他刚从别的部门调入,刑侦工作经验少,还刚愎自用。尽管很多事情证明了他与职业刑警的差距,可情况依然无法改变。接到侯天龙进入英纳市的消息后,他拉开阵势,动用大量防暴警察布控。侯天龙当过武警,很快嗅到了危险,半路劫了一个女高中生,我们准备不足,只能仓促上阵。我当时独自蹲守在一家酒店里,侯天龙居然劫持人质闯了进来。他非常狡猾,直奔餐厅,想趁中午时人多混乱,伺机逃脱。领导命我进了餐厅再下手,可我当时一闪念,想到了餐厅的落地窗临街,对面布置了狙击手,也想到了酷爱玩影视镜头的领导会随时下令开枪,那样的话,我很可能跟侯天龙一样,全身被打成筛子。于是,脑袋一热,就在走廊里扑了过去,可是,侯天龙比我还快……

后来呢?孟苗苗看着马永力眼角的亮光,小心地问。

那个女孩的母亲,每月14日都会到市局刑警支队,不哭、不闹,只是呆呆地坐在接待室里。为此,刑警支队里每一个能出动的警察,都参加过追捕侯天龙的行动。我也着了魔,那段时间,除了出差,就是喝酒。老婆受不了,跟了别人,再后来,我就无法留在市局刑警支队了。说到这里,马永力捂住了眼睛。

孟苗苗看着他的秃顶和佝偻的身体,许久才轻声说:即使离开了,你也没有放弃抓捕侯天龙。

是的。这些年,我就像一直抱着那个死在我怀里的女孩,想放却怎么也放不下。我时常想,如果那天没有贸然行动,也许……

师父,我帮你放下她。孟苗苗猛地抓住马永力的手,坚定地说。

马永力猛地抹了一把眼睛:谢谢。这次全国清网行动是我最后的机会,抓住侯天龙,不枉当一世刑警!

在西柳大集停车场里,马永力和孟苗苗抱着刚买的过冬服装穿梭在密密麻麻的车辆中间,转了半天,才找到红色轿车。马永力掏出钥匙打开后备厢,将棉大衣放了进去,趁孟苗苗整理大大小小的袋子,他拿出手机,按下了开机键。几乎就在同时，雄壮的乐曲响了起来：五星红旗迎风飘扬……

马永力的手不禁一抖，脱口道：是局长。

孟苗苗抬起了头，马永力连忙将手机塞给他：你先接，探听一下虚实。孟苗苗想躲，马永力虎起脸：听命令。他只好勉强接过去，打开了手机，抖着声音道：局……局长，你好。

你师父呢？

在旁边。

让他接电话！

孟苗苗只好又将手机交给了马永力。马永力接过去，也结巴起来：局……局长，你老人家可好？

好，好得不得了，差点儿被你们俩搞得下了岗。

你没有引咎辞职？

幸亏多养了几个弟兄，东边不亮，西边亮。10月14日晚11点45分，福建追逃小组抓住了一个坏蛋，再加上你们传真回来的那张狗屁证明，凑上了半个，我好歹还留在局长办公室里。

马永力激动了，语无伦次道：我就知道你老人家吉人自有天相，好人一生平安……好人会有好报，你要是下了岗，天理都不容……

得了，得了，少拍马屁。准备去捋侯天龙是不是？

你咋知道？马永力惊诧。

情报科告诉我，前几天，孟苗苗在公安信息网上将侯天龙查了个底朝天，最后，视线集中在乌河市。我打不通你们的电话，就猜你们是从杨泉赶到烟台，上了滚装船，准备经英纳市去黑龙江。

马永力连忙恭维道：你老人家英明，把我那截小尾巴都攥在手里。这次全国性的追逃行动，可能是最后的机会，你就准了吧。

你眼里根本没有局长，只剩下侯天龙，已经在路上了，还假装请示我。

是的，我们已经在203国道上，下午就能赶到龙江高速公路入口，顺利的话，晚上8点左右到达乌河市。

好吧。天时、地利都到了一个点儿上，我同意。不过，只许侦查，不许抓捕，一旦发现他的踪迹，立即上报，我派人协助。另外，我联系了省公安厅的一位领导，他已经与乌河市公安局技术侦查大队长通了电话，会全力配合你们。

谢谢局长，你解决了大问题。

马永力挂了电话，脸上露出了笑容，拍着孟苗苗的肩膀道：局长躲过了这一劫，还批准我们去抓侯天龙。

前些日子他一直不同意，现在为何变了？

这家伙虽然没当过刑警，却很在行。刚才，他在电话里说，天时、地利都到了一个点儿上，这是职业刑警才有的直觉。说到这里，马永力深深地舒了口气：我有个预感，这次，侯天龙的劫数到了。

师父，你是个见了上帝也不卑不亢的人，为何单对咱局长毕恭毕敬？

真正的刑警都是人精，基本不可能对什么人卑躬屈膝，我是真心佩服他的能力和为人。最重要的是，在我两次遇到过不去的坎时，都是他拉了一把。

另外一次又是怎么回事？孟苗苗小心地问。

马永力摸了摸秃顶：当我要跟你嫂子结婚时，前妻后悔了，闹得我没辙。实在收不了场，我只好硬着头皮找局长，他鬼点子多，求他帮我想想办法。这家伙真厉害，听说我的大女儿大学刚毕业，还没有工作，立即有了主意，跑到区政府，利用自己的人际关系上下左右疏通，将她安排进了区重点中学当教师。解决了女儿的大问题，前妻不好再闹，我才有了今天。

听了这番话，孟苗苗感慨道：人生难得一局长，上刀山、下火海又如何？

马永力用力点了点头：这就是男人之间的事情，都装在心里，总要有个说法。他顿了顿，忽然又冒出了一句：侯天龙也是如此。

爸爸，来电话了。"五星红旗迎风飘扬"换成了娇嗲的童音。正在发动车子的马永力立即慌了，一边掏手机，一边道：完了，完了，咋跟你嫂子说？

老实交代呗。孟苗苗幸灾乐祸。

臭小子，早晚娶了媳妇，也让你尝尝滋味。说着，抖抖地打开了手机。一阵爽朗的女声传了出来：大哥，到黑龙江了吗？

你咋知道？马永力惊诧。

局长告诉我的。前天傍晚，他带着政治处主任到咱们家，说是派你去执行紧急公务，不能打电话。他代表分局来看看我和孩子，还留下了慰问金。

马永力松了口气，抹了抹秃顶上的汗，顺着她的话道：是的，要去黑龙江，执行很重要的任务呢。

能立个功吗？说到这里，她又咯咯笑道：大哥，我看公安部春节晚会上的功臣们穿警服，胸前挂着军功章，太帅了，要是你也能站在那里，该多好啊。

行，行，我努力，弄个大军功章。马永力由衷地应道。

过来，宝贝，跟爸爸说话。

奶声奶气的童音在汽车里回荡……

爸爸！

唉！

爸爸！

唉！

爸爸！

……

一声声回答扯出了两个刑警的眼泪，流啊，流啊，流不完……

2011 年 10 月 19 日

凌晨 3 点钟，龙江高速公路瘫软在汹涌的大雾中。一辆接一辆的大型货车、集装箱车、油罐车蜿蜒逶迤，向前，看不见头，向后，看不见尾。已被堵了十几个小时的司机们早已骂不动娘，缩在驾驶室里酣睡。只有夜卷着雾，雾拥着夜，彻骨的黑，彻骨的冷。一道灯光将黑冷的幕布撕开了口子，钻

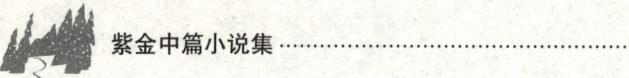

进了如钢铁迷宫般的车流中。下车小解的司机看清了，是辆警用摩托车驮着身穿反光背心的交通警，连忙喊道：我们什么时候才能离开这条该死的高速公路？

你问大雾吧。

天气预报怎么说？

我在这路上跑了十几个小时，哪有时间看电视。

操！司机忍不住骂出了声。

摩托车则留下了一个无奈的背影。

半个多小时后，摩托车停在了夹在两辆太脱拉中间的红色轿车旁。交通警绕到轿车前，看清了车牌后，来到右侧车窗前，用力敲了敲：谁打了报警电话？

车窗打开了，孟苗苗有气无力道：是我。

交通警朝车里看了看，后座躺了一个人，身上裹了蓝色棉大衣，正打着鼾。

不是说有人要不行了吗？交通警的口气里含着明显的不耐和愤怒。

孟苗苗点点头：确实有人要牺牲了。

谁？

我。

交通警猛地摘下头盔：你要笑我是要负法律责任的。

孟苗苗无力地摇了摇手：兄弟，我们是英纳市公安局红旗分局的刑警，要去乌河市追逃。因为赶得急，昨天早晨就没有吃饭。原想到了龙江高速公路收费口再填肚子，哪知路过的司机太多，只好离开。眼巴巴地盼着到服务区，却又遇上了大雾，堵在了这里，我已经有二十多个小时没吃东西了。夜里太冷，开了一段时间空调，油箱也到了警戒线，即使现在通车，我们也走不到服务区。

行，我知道了。说完，交通警戴上头盔，跨上了摩托车。

哎，哎，兄弟！孟苗苗努力将头伸出车窗喊道。可"反光背心"在车流里绕了绕，很快就消失在黑暗和浓雾中。

喊声惊醒了马永力，他坐起了身：救兵来了？

孟苗苗沮丧道：又走了，连句热心话都没说，更别提吃的和汽油了。

他会回来的。马永力安慰道。

师父，我这是平生第一次尝到挨饿的滋味，一会儿冒冷汗，一会儿冒热汗，瞌睡得要命，闭上眼睛就是馒头，一伸手又醒了。

他会回来的。马永力喃喃地重复道。

天终于露出了亮光，大雾依然弥漫。太脱拉如两座钢铁大厦将红色轿车夹在中间，马永力和孟苗苗裹着蓝色棉大衣坐在车里，像两只落进井底的青蛙，绝望地瞅着头顶的一小片天空。

这样下去不行。马永力一边说，一边侧身准备开车门。

师父，你要做什么？

去向司机们讨饭。

孟苗苗一把拉住他：你留下，我去。说着，打开车门下了车，走到前面的太脱拉前，爬上驾驶室踏板。里面的司机吓了一跳：你要干什么？

孟苗苗示意他摇下车窗，顾不上客气，直接道：我实在饿得不行，有吃的吗？

司机摇摇头：我刚才吃下了最后一个面包。说完，又困惑地问：你们在收费口没有买些吃的？

人太多，我们急着赶路，连饭都没有吃，想到途中的服务区再解决。

以前没有跑过这条路吗？

是的，这是第一次。孟苗苗边说边擦了擦额上沁出的冷汗。

难怪！司机道，这条路很犯邪，经常出事，是全国死亡率最高的高速公路。堵车是家常便饭，常走的司机都知道，所以到了收费口都会备些吃的喝的。说着，他回头拿了两瓶矿泉水递过来：只有水了，你对付一下吧。

孟苗苗接过来，勉强说了声谢谢，就下了车。

脚刚落地，那个交通警就出现在了眼前。

你来了，从天上掉下来的？孟苗苗激动得语无伦次，眼睛则像饿狼般扑向交通警的两只手。可看了半天，也没有见到面包之类的东西，只看到一个塑料桶，里面盛了半桶汽油。

交通警将桶伸到他眼前：我能找到的就是这点儿汽油，沿路服务区的食品早被一扫而空。

孟苗苗颓然坐回了车里：我真的要饿死了。

马永力连忙下车，绕到交通警面前，接过塑料桶，道：谢谢你，我先把油加上。

两个人正说着话，前面的太脱拉忽然挪动了，后面的立即按响了喇叭，接着，司机们就发动了车子，巨大的轰鸣声铺天盖地而来，马永力提着塑料桶蒙了。只见那个交通警跨上摩托车，一个漂亮的侧滑，挡住了外道企图插入空当的一辆货车，然后，果断地朝后面的太脱拉做出了阻挡的手势。

孟苗苗下了车，接过马永力手里的塑料桶，将汽油灌进了油箱，然后，拉着他坐进了车里。外面的交通警立即掉转车头，缓缓地开动了摩托车，孟苗苗连忙发动车子跟了上去。

一路上，交通警凭借熟练的驾驶技术，连续别开货车，生生闯出一条路，引着孟苗苗来到了高速公路下道口。此时，天已大亮，交通警摘下头盔，露出了一头卷发，孟苗苗才看清，他与自己年龄相仿，有着一张朝气蓬勃的脸。

于是，由衷地说：谢谢了，兄弟。

交通警道：别客气。从这里下去，估计附近也很难找到汽油和吃的，你们多跑些路，也许还有希望。

马永力和孟苗苗千恩万谢辞别了他，转下了高速公路。极目望去，左右都是已经收割过的土地，星星点点的农舍远远地横在天边。

孟苗苗彻底绝望了：师父，我们今天要扔在这里了。

马永力叹了口气，道：停车，下去看看。

两个人无精打采地下了车，却见一座小庙矗立在半山坡上。孟苗苗的眼睛亮了：天无绝人之路，菩萨下凡了。说着，拉起马永力上了山坡。走十米，歇一气，半个多小时后，才来到了庙门前，只见牌匾上写着：凉河县指定旅游景点缘悲寺。大门未开，侧门有个窗口，上书：售票处。附近还立了个 ATM 机。马永力走过去，敲了敲玻璃。

一个女人的脸露出来，戴着眼镜，紧抿嘴角，目光如炬，像个办公室主任。

马永力连忙说：买两张票。

女人道：8 点开寺，你们等着吧。

孟苗苗连忙挤上前：我们急着赶路。

马永力也连忙说：对，对，烧炷香，求个平安。

女人正犹豫，庙门打开了，走出一个拎着扫帚的老和尚，身穿单薄破旧的黄褐色僧衣，不断用另一只手擦流出的清涕，看起来滑稽而可笑。

老和尚对两名刑警道：进来吧。说着，引他们上了观音殿。

你们取了香，点上，供观音菩萨吧。

马永力连忙将手伸进衣兜道：多少钱？

几支香而已，不收钱。

孟苗苗抬头看了看坐在供台上的菩萨像，悄声说：警察烧香拜佛，有点儿离谱吧。

马永力取了香，点燃了，插进香炉后，才说：老和尚看着呢，入乡随俗，取得好感，才能开口讨吃的。

孟苗苗听了，点点头，也学着马永力的样子供了香。然后，两人又双手合十，弯腰拜了拜。

待他们转过身，老和尚问：你们遇到难处了吧？

马永力心里一热，不知为何就说了实话：我们要夫乌河市，被大雾堵在了高速公路上，已经一天一夜没吃东西，饿坏了。

老和尚说：庙里没有饭店。

孟苗苗不解其意，迫不及待地说：有两个馒头就行，我们给钱。

老和尚摇摇头。

孟苗苗急了：都说菩萨大慈大悲，难道你要看着我们饿死？

老和尚又擦了一下鼻涕：要吃饭，可以，去干点儿活儿。

马永力连忙答应：行，我们自食其力。

两个刑警跟着老和尚来到后院，迎面矗了一座金黄色的小山，孟苗苗揉了揉已饿得发花的眼睛，端详了半天才看清，原来是堆玉米棒子。老和尚擦了一下鼻涕，道：把它们装进编织袋，搬进旁边的仓库，干完了，饭管饱。说完，转身就离开了。

孟苗苗一屁股坐在台阶上，皱着眉头，咧了咧嘴，声音都走了调：饿得连走路的力气都没有了，哪还搬得动？

马永力沉吟了片刻，说：走，去找老和尚说实话。

两个人又来到前院，老和尚正在一边扫地，一边擦鼻涕。马永力走上前，掏出了警官证：我们是警察，要去乌河市抓逃犯。

老和尚停下手里的活计，凑过来，眯着眼看了看马永力手里的警官证，然后道：跟我来。

简陋的斋饭堂里摆着黑旧的木桌子，围了长条凳。老和尚引他们坐下，有人端来了热气腾腾的菜汤和馒头，又送来了粗瓷大海碗，盛了菜汤，摆在了三个人的面前。孟苗苗立即将脑袋伸到了碗旁，用力吸了吸鼻子。马永力悄悄拉了拉他的衣襟，恭敬地朝老和尚问：怎么吃？

随意，随意。老和尚笑了，擦了把鼻涕，先拿起了筷子。

马永力有些不好意思：我以为，在这里吃饭，是要有些程序的。

没有那么复杂，只要不出声就行。

正要端起碗准备大吃的孟苗苗，听了老和尚的话，连忙放下了，拿起筷子，小心地伸进了碗里。

菜汤里并不见油花，却是出奇地香。白菜和豆腐又鲜又嫩，粉条也是从未见过的晶莹剔透。孟苗苗吃出了一头的汗，端着空了的大海碗，眼巴巴地瞅着放在旁边桌子上的菜汤盆。

老和尚看了看他道：再去盛些吧，但要吃光，不许剩下。

孟苗苗答应了，又盛上一大碗。

马永力想到庙里的早饭也许有定量，就说：师父，给你添麻烦了，我们带着钱，你收一点儿吧。

老和尚摇摇头：你们大清早闯进来，是个缘分，不能收钱。

孟苗苗插话道：吃过了饭，我给你干活儿，把玉米棒子搬进仓库里。

老和尚笑了：不必了，你们有正事。说到这里，他的脸色沉郁起来：还有很多麻烦等着你们呢。

你咋知道，会看相，还是会算命？孟苗苗热切地问。

算命、看相都是外道，我说的是事实。老和尚正色道。

什么事实？马永力问。

犯了大罪的人跟这个世界也是有缘分，就像两个警察大清早闯进了本不相干的寺庙一样。抓住坏蛋，受难的人就会解脱，可缘分凭空而来却不会凭空而散，有解脱的，就要有承担的。

孟苗苗听得云山雾罩，看着老和尚发愣。

马永力却说：我明白你的意思，可我们干的就是这份活儿，吃的就是这碗饭，大概这也是缘分吧。

老和尚定定地看着他，半天才放下筷子，站起身：去大殿，我为你们诵诵经。

清晨7点钟，红色轿车重新驶上了龙江高速公路。阳光和煦，天空澄净，四周的景物变得异常清晰，车道空旷，一马平川，仿佛从未有过大雾和噩梦般的塞车。

2011 年 10 月 23 日

乌河是个县级市，与俄罗斯隔江相望。没有特色产业，但因有俄罗斯人经常入境购买中国商品，就有了些繁荣的景象。外地的商贩多了，本地人的腰包鼓了，自然带动了房地产业。城里多是新楼房，还建了一个小公园，因为北方的冬天来得早，里面已是满目荒凉，只有矗立在半山坡子上的中国式凉亭，飞檐雕瓦，还有些生气。来此游玩的情侣或是晨练的人们，大多会朝着那里走。攀上山坡，走进凉亭，放眼望去，却是失望的。因为在那坡子下面，是一片密密麻麻的简易房，有铁皮做的，有破木头搭的。倒是有几处砖砌的二层楼房错落其中，高高低低，肮脏破旧。这里就是乌河市著名的三不管地区：蛤蟆台。

早年，因为有几个钉子户誓死不肯离开祖上留下的老房，政府和开发商都很无奈，只好任他们去了。后来，外来务工的人多了，发现这里房租便宜，就落了脚。一传十，十传百，乡里乡亲蜂拥而至。老房子不够租，于是，自力更生盖简易房。经过十多年的发展，蛤蟆台成了现在的样子，就像扔在乌河市外的一堆花花绿绿的垃圾。

走近了看，倒还有些规矩，一排连着一排，中间留了过道，共有十五条巷子。乌河市公安局的技术侦查女大队长崔君提供的侯天龙母亲活动的线索，就在这里。孟苗苗站在巷子口，犯了愁：这鬼地方，足足住了两千户，要找一个侯天龙就像大海捞针。

马永力却眼睛发亮，精神抖擞：这才是咱刑警的活计，先从小卖店、菜场、浴池下手。说着，就朝巷子里走去。

孟苗苗跟上来：为什么先从这些地方开始？

住在这里的人离不开小卖店、浴池，这些业主最有可能见过侯天龙。

孟苗苗也来了精神，跟着马永力推开了一家小卖店的门。

屋子里的柜台后，坐着一个五十多岁的女人，盘着发，由于喷了过多的发胶定型，头发又多日没拆开，压成了饼状，立在头上；脸上涂了厚重的粉，眼睛做过切眉整形术，木木地吊在太阳穴上。女人一边嗑瓜子，一边看电视。在她身后，背朝外站着一个二十五六岁的女孩，刚洗了脸，正对着镜子化妆。

见走进了两个人，女人撩了撩眼皮，问道：买什么？

马永力上前递上警官证：我们是警察，想找你了解点儿事情。

女人站起身凑过来，背后的女孩也停下了手里的眉笔，从镜子里偷偷看着来人。

孟苗苗掏出侯天龙的照片伸到女人眼前：认识这个人吗？

她愣了一下，马上说：不认识。

马永力道：麻烦你再仔细看看。

女人回身坐下，又抓起了一把瓜子，断然道：没见过。

马永力咽了口唾沫，说：那姑娘是你女儿吧？请她帮帮忙，也许，年轻人记性好。

她每天上班，很少在这里，我不认识，她更没门儿。女人说完，又将眼睛转到了电视上。

马永力尴尬地咳了几声，勉强道：如果你见到他，或是想起了什么，请给我打电话。说着，将自己的名片放在柜台上，就拉着孟苗苗出了门。

两个人继续沿着巷子走，前方出现了一栋二层楼，破烂不堪，上下几个窗户都搭了架子，塞满了各种杂物，院子里还挤着三处简易房。马永力端详了片刻，道：我们进去看看。

你不是说先找小卖店、浴池之类的地方吗？

这栋楼住了好几户，像出租房，我们进去找房主聊一聊，他是本地人，住的时间长，也许能提供点儿线索。

楼里光线昏暗，两个人踩着吱吱呀呀的楼梯，小心地爬上了二楼。还未站稳，便听"嗖"的一声，蹿出一条影子，直接扑到了马永力的怀里。他慌了，胡乱一推，那东西落了地，嗷嗷叫着，在两个刑警的裤腿间扑腾。

大宝,别叫了!随着喊声,一个老太太拐着腿走出来,弯腰拾起了嗷嗷叫着的东西。

马永力这才看清,老太太抱起了一条小狗,又长又脏的白毛裹着眼睛和嘴,像抱着它的主人一样,浑身上下看不出本色。还未等他开口,老太太先道:房子租满了,没有地儿!

大婶,我们不是租房子的,是想跟你打听个人。

孟苗苗连忙将侯天龙的照片递过去。

老太太退后了半步,眯着眼看了看照片,决然道:不认识!说完,便拐着腿,头也不回进了屋,"嘭"的一声关了门。

两个刑警面面相觑,愣了片刻,只好离开。

毗邻俄罗斯的边境小城,夜来得格外早。紫红色的太阳刚刚落进江里,天空就像熄了灯的电影院,霎时漆黑一片。蛤蟆台亮起了星星点点的灯光,人世间最通俗的影片上映了,在一成不变的故事里,家家户户都有个新话题:蛤蟆台来了两个警察,要找一个照片上的人。关于这件事,有的人觉得莫名其妙,有的人兴奋地谈论着那个酷似美国大兵的年轻警察,还有的人拐着腿在房间里自语:不给钱,凭什么告诉他们!盘着头的女人则对女儿说,别惹麻烦,会遭报复。

马永力和孟苗苗走出最后一条巷子,才觉得蛤蟆台的夜冷得刺骨。整整一天举着侯天龙的照片,说着相同的一句话:你见过这个人吗?得到的也是同一个答案:不认识!这结果比蛤蟆台的夜还冷。

孟苗苗失望至极,一边走一边踢着路上的石子、泥沙。马永力却像什么事都没有发生似的说:今天就到这里,收工了。

两个人找到停在僻静处的红色轿车,上了车,马永力拿出手机,拨了一个号码,自语道:但愿还打得通。

那头响起了彩铃声,马永力喜上眉梢,拍了一下孟苗苗的胳膊:有戏!

手机接通了:喂,老哥,你好。

马永力显然没有思想准备，连忙问：你是刘江？

当然，难道你要找别人？

不，不，就是找你。只是怕这么多年没有联系，换了手机号。

对方爽朗地笑了：大丈夫行不更名，坐不改姓，不会闲着无聊倒腾手机号，还存着你的号码呢，电话一响，就蹦出了你的名字。这些年，过得好吗？

马永力道：还不错，大哥，有件事要求你。

尽管说，我两肋插刀。

全国都在清网追逃，你这个刑警队长一定也忙翻了天，本不想添麻烦，可我在乌河市遇到了难处，只好给你打电话。

你跑到那里干什么？

抓逃犯。

什么？你不是当了信访办主任，咋又干回了老本行？

说起来话太长，有件事——

是跟要抓的逃犯有关吗？还未等马永力说完，刘江就拦住了他的话头：别说了，我们见个面。

好，明天，我去绥西市公安局找你。

不用了，我就在乌河。只是今天晚上值班离不开，明天中午，我去见你。

你调到乌河市了？

是的。

为什么？

说起来话也太长，明天中午见面再谈。

第二天，在乌河市一家小酒店的餐厅里，马永力和孟苗苗见到了刘江。他有一张黑红的方脸盘，目光灼灼，身架也是方方正正的，依稀看得出往日的壮硕。见了面，马永力吃了一惊：兄弟，你咋瘦得脱了相？

别提了，得了糖尿病，不敢吃，不敢喝，不瘦才怪。不过，今天我要开戒，一定陪你喝一杯。说着，就拿起了桌上的白酒瓶。

马永力连忙拦住他：我们不是外人，你可别玩命。

刘江却握着酒瓶不撒手：老哥，你来了，我高兴。说着话，眼圈竟有些红。

马永力也受了感染，伸手拿过玻璃杯换下了小酒盅道：好，倒满，我们一醉方休。

第一杯，为你接风，欢迎来到乌河市！

两个男人一仰脖，二两白酒下了肚。

第二杯，感谢你当年在英纳市帮我拿到了坏蛋，还送了路费！

两个男人一仰脖，又是二两白酒下了肚。

第三杯，敬你干回了老本行……说到这里，刘江的酒劲上来了，脸红了，眼睛也红了，端起酒杯又要仰脖喝下去。

孟苗苗连忙拦住他：刘大队长，你喝得太急了。

小子，别叫大队长，我现在是乌河市公安局停车场管理办公室科员，每天晚上打更、看车子。

到底为什么从地级市的刑警大队调到了这里？马永力用力夺下刘江的酒杯问道。

别提那些陈年旧账了，说说正事。我已经问过崔君大队长，他们是经过反复侦查，确定了蛤蟆台的线索，不会有问题。刘江用力抹了把脸，转移了话题。

孟苗苗吃惊地问：你怎么知道我们的事情？

从英纳市来的刑警只有两个，一问就清楚了，并且，我估计蛤蟆台的情况太复杂，你们很难介入。

马永力猛地抓住刘江的胳膊：就是这件事，你有啥好办法？

刘江转过脸，看着马永力：首先，不能让崔君大队长弄清楚你们要抓的是什么人，如果是重案嫌疑人，她绝不会放出乌河市。这女人太厉害，凡是来乌河市追逃的警察，都被她生生咬去了一块肉。重的，嫌疑人根本带不走，留在了乌河市公安局看守所；轻的，也要分一半追逃指标。乌河市公安局长乐坏了，单就靠她，便完成了一大半任务，所以拼了老命保她，谁告状，告到哪里都没有用。

马永力听了这些话，放下酒杯，颓然道：这可真是螳螂捕蝉，黄雀在后。我们盯着坏蛋，她盯着我们。

确实如此。老哥，你得承认，这女人是高手。不过，魔高一尺，道高一丈，咱今天就跟她过过招。干了大半辈子刑警，说什么也不能输在一个搞技术侦查的女人手里。

可是，我怕崔君已经知道了底细。来乌河前，我们局长托省公安厅的领导给她打了电话。

你们要追的是个要犯？刘江小心地问。

马永力沉默了片刻，终于下了决心：不瞒你了，是英纳市公安局唯一的公安部A级逃犯。说到这里，他顿了顿：难道崔君还不了解？

刘江没有回答，却问：你们局长是刑警出身吗？

马永力摇摇头：以前在政治部任职，三年前才调来红旗分局。

这哥们儿是个人才，跟咱刑警一个心眼，一个鼻孔出气。刘江赞赏道。崔君只听说英纳市派来的是一老一少两个刑警，为发挥老同志余热，锻炼新人，弄了个多年的轻伤害案子让他们跑一跑，为追逃行动做点儿贡献。

听了这番话，孟苗苗乐得差点儿从椅子上出溜到桌子底下，马永力则哭笑不得：天底下的公安局长，只有他能想出这种鬼点子，说出这种鬼话。

刘江凑到马永力面前：所以说，这就好办了。既然线索准确，你们就在蛤蟆台下点儿苦功。我白天大多休息，暗中帮你们跑跑外围。

马永力担忧道：崔君要是知道了这些事，会说你吃里爬外，坏了你在乌河市公安局的名声。

刘江瞪起发红的眼睛，拍着胸脯：我怕啥？停车场管理办公室科员，就是公安局里的一介草民，总不能因为帮你扒了我的警服吧？

马永力的眼睛也红了：兄弟，你这么做，值吗？

刘江紧握住他的手，背过脸：咱刑警就这命，死了也断不了抓坏蛋的那根筋，为了公安部A级逃犯，值了！

2011年11月4日

清晨7点钟，蛤蟆台的天空才勉强露出了一抹青色。冬天的第一场冷空气席卷而来，寒风肆虐，扫过十五条巷子里的简易房，不断发出东西断裂、跌落的声音，还有被卷起、撕扯掉的破塑料苫布，漫天飞扬。马永力和孟苗苗刚走下轿车，就被冷风灌了个透心凉，两个人只好用力裹紧棉大衣，低着头，弯着腰，跑进了巷子里。到了避风处，孟苗苗说：师父，这些天我们已经走遍了蛤蟆台，依然没有进展，怎么办？

马永力试探他：回英纳市？

亏你想得出，全局的追逃小组只有我们至今抱着鸭蛋，不如你在这里毙了我，也比回去强。

别说丧气话，这才仅仅是个开始。马永力不紧不慢道。

还有一个多月的时间清网行动就结束了，到现在我们连侯天龙的影子都没有摸到，急死人了。

马永力停下了脚步：我坚信在蛤蟆台能找到侯天龙的线索。

又是老刑警的感觉？孟苗苗一脸狐疑地问。

是的。不过，感觉都是有缘由的。你想想，据乌河市技术侦查大队提供的线索，侯天龙的母亲在蛤蟆台逗留了半个多月，没有熟人不可能在这个鬼地方待这么久。据我掌握，老太太从不出远门，这里又没有亲戚，最大的可能就是冒险来见侯天龙。

现在怎么办？

重新开始，继续走访，一定会有收获！马永力坚定地说。

两个刑警顶着寒风，又走进了第一条巷子。见那家小卖店已开了门，马永力对孟苗苗说：天气太冷，再加上赶路，肚子撑不到中午，先进去买碗方便面。

推开门，盘着头的女人正在抹柜台，身后站着正化妆的女孩。见到两个刑警，女人就说：你们咋还没走？

马永力赔着笑脸：事情没办完，不能离开蛤蟆台。

女人不耐烦了：我已经说了不认识那个人，你们怎么又来了？

早晨没有吃饭的去处，到你这里买碗方便面垫垫肚子。

女人停下了手里的活计：你们没有吃饭的地方？

是，住的是快捷宾馆，没有餐厅。

女人放下抹布，取了两碗方便面，熟练地打开了，又提过炉子上的水壶，冲上热水，推到了两个刑警面前。

谢谢。马永力一边道谢，一边掏出钱递给了女人。

屋子里散发着方便面的香味和热气，勾引着人心也有了暖意。看着两个大口吃面的刑警，女人终于问道：这些天，你们一直在找那个人？

是的，真奇怪，明明住在这里，可就是没有人见过。马永力装作若无其事地说。

还未等女人开口，正在化妆的女孩忽然转过身道：我见过，就在这条巷子里。

胡说什么，化你的妆，再磨蹭一会儿，上班又要迟到了。女人大声呵斥女孩。

两个刑警听了这些话，都愣住了。女孩正对着孟苗苗，见他直直地看着自己，立即脸红了，掀起门帘，进了后屋，再没了声息。

女人尴尬地笑道：别听她瞎说，也许认错了人。

马永力连忙借坡下驴：是的，是的，很有可能。孟苗苗还想张嘴，被马永力拉住了：吃了面，我们就走，再去别处寻一寻。

女人松了口气：你们也不容易，大冷的天，可要当心。

吃完了方便面，马永力又掏出钱，指着柜台里的橙子道：你给称几个，

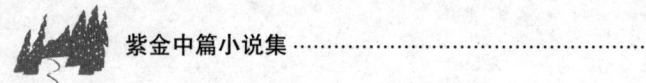

再拿两个青鱼罐头。

女人愣了愣，忍不住问：你买这些做什么？

回宾馆后解解馋。

好，好。

女人的脸上乐开了花，麻利地称了橙子，拿了罐头，装进塑料袋里，递过来：一共三十五元。

孟苗苗接了，马永力再次说：谢谢。然后，转身朝门外走去。

女人绕过柜台，送到门口，连声道：你们常来呀。

出了门，孟苗苗就说：我知道，你是要去贿赂大宝它娘。

马永力忍不住笑了：孺子可教也。

两个刑警摸黑爬上了二层楼。这次，大宝没有出来迎接，只在屋子里狂吠。拐着腿的老太太拉开门，直勾勾地看着孟苗苗手里的橙子和罐头。马永力笑眯眯地说：太冷了，让我们进去坐一坐吧。

进了屋，就像进了废品收购站，地上、桌子上到处都是纸盒、瓶罐，靠墙的床上，半躺了一个老头，不说话，只用浑浊的眼睛盯着来人。屋子里的一切都像大宝和它娘，看不出原本的颜色。孟苗苗坐在了一张三条腿的学生椅子上，险些翻倒。大宝则缠上了马永力，抱着他的腿不放，肮脏的爪子在裤子上留下了一串泥印。

马永力尽力忍着大宝的纠缠和屋子里难闻的气味，脸上挂着笑容道：大娘，怎么称呼您？

我有那么老吗？老太太斜眼瞅着马永力，咧开缺了半截门牙的嘴，拉着长音问。

对不起，怪我眼神不济，大姐，你别在意。马永力连忙改口。

麻霜！老太太瞟着鲜黄的橙子和鱼罐头，从豁牙里干净利落地蹦出了两个字。

是这样，刚才听说有人在这条巷子里见过照片上的人。马永力诚恳地道。

是黄仙儿说的吧！我就知道你们买的是她的东西，见了钱，那娘儿们什么都干，得了！说到这里，麻霜站起身：你们别找了，我认识照片上的人，就是"老头"，在我这里住过。

马永力和孟苗苗同时站了起来：他在哪里？

搬走了！

什么时候？

9月份。

去哪里了？

不知道！

三分钟的时间里，两个刑警像坐了过山车，上了天，又落了地。孟苗苗一屁股坐在三条腿的凳子上，一下翻了过去，马永力连忙将他扶起来。

麻霜撇着嘴说：还是警察呢，这么不经事！

孟苗苗站起身，再不敢坐，心里还惦记着侯天龙，开口便问："老头"叫什么名字？

就叫"老头"！

你不知道他的大名？

什么大名，就叫"老头"。

孟苗苗还想追问，马永力对他使了个眼色，然后道：大姐，你出租房子，应该有登记吧？

当然有。麻霜站起身，拐着腿走到抽屉前，拿出了一个又脏又破的横格本，递给了马永力。

他翻开，只见上面写着：楼上，3月住（后面画了五个半"正"字）；楼下，4月住（后面也画了若干"正"字）；然后是，前院……，后院……，诸如此类。

马永力左看右看也看不懂，就问：住户登记的名字在哪里？

麻霜伸过头，指着本子上的楼上、楼下、前院、后院道：这就是名字。

马永力哭笑不得，只好把本子还给了她，说：也许你记错了，我们要找的人不到四十岁。

知道，他还年轻，跟你们照片上的人一个模样，就是整天不说话，勾着背，阴着脸，像个老头。

他家里还有什么人？

媳妇、一岁多的小女孩，还有丈母娘。

都叫什么名字？

不知道。

有什么特征？

麻霜一拍大腿：从没见过那么丑的媳妇，大板牙，招风耳。"老头"的眉眼很周正，不知咋看上了她，不但丑，还不讲卫生，家里的地板革都看不出颜色。他们搬走后，那屋子我收拾了两天。

孟苗苗再也忍不住，笑出了声。

麻霜不满地看着他：你笑什么？

马永力赶紧说：他笑"老头"找了个丑媳妇。然后，马上换了认真的口气："老头"在英纳市犯了很重的罪，被杀的女孩的妈妈快疯了，就等着我们把他抓回去，替孩子主持个公道。

啧啧，太可怜了。麻霜咂着嘴道。

是呀，你一定要帮帮我们。

我倒是想帮，可是，不知道他们一家搬到了哪里。

孟苗苗灵机一动，问："老头"干什么工作，我们可以去单位找。

他是泥瓦匠，天不亮就到乌河市里的装修市场等活儿，天黑才回来。这样吧，明天一早，我带你们去那里找找。

马永力听了，赶紧拍马屁：大姐，你真是好人，有觉悟，我们警察就要靠你这样的人才能抓住坏蛋。

第二天一早，红色轿车停在了蛤蟆台的巷子口。马永力下了车就觉得不对劲，天空如墨，并不见黎明时的铁青色，巷子里也是漆黑一片，寂静无声，没有人，也没有灯光。他抬起手腕看了看表，刚到5点，便气不打一处来：

孟苗苗，怎么回事？是我的表慢了，还是你的表快了？

你的表没慢，我的表也没快，是昨晚给手机设闹铃时犯了点儿小错。现在，北京时间5点整。孟苗苗颠颠地跟在马永力身后，油腔滑调道。

跟麻霜说好了，6点钟来接她，现在还差一个小时，咋办？

回车上再睡一觉？孟苗苗热切地问。

算了，先去黄仙儿的小卖店看看。

两个人来到门口，见窗子护板的缝隙中透出了淡黄色的光，于是，敲了敲门。

谁呀？屋里传出了女孩的声音。

马永力连忙捅了捅孟苗苗，示意他搭话。

我，英纳市公安局的。

哦，你等一下，马上来！屋里的女孩热情地应道。

马永力狡黠地眨眨眼：她喜欢咱美国大兵呢。

孟苗苗立时红了脸：你别瞎说。

门开了，女孩手里拿着一本书站在门口，见了两个刑警，喜出望外：这么早就来了？

马永力笑容可掬道：今天有重要任务，要早点儿吃面。

没问题，进来吧。

黄仙儿听见了声音，趿着鞋，披了件大衣从后屋走出来，睡眼惺忪道：买什么？定神一看，是两个刑警，便说：我给你们做饭。说着，顺手拿了两盒方便面，又进了后屋。

女孩开始收拾柜台上的书本，孟苗苗拿起一本看了看，封面上写着"刑法"。他好奇地问：你读它做什么？

女孩躲着孟苗苗的眼睛道：要参加律师资格考试。

马永力来了兴趣：你做什么工作？

刚刚大学毕业，在律师事务所做见习律师。

好工作，真不错。马永力赞赏道。

黄仙儿走出来，将两个大海碗放在柜台上，只见煮好的方便面里卧了两个鸡蛋。

马永力不禁道：这怎么好意思，说着就掏出了二十元钱。

黄仙儿收了十元，退回了十元，说：你们太不容易，给我成本钱就行。

女孩也说：别客气，快吃吧。又见孟苗苗不动筷子，于是，转身进了后屋。

黄仙儿一边往炉子里添煤，一边问：你们还没有找到照片上的人？

是的。

这么冷的天，又没有个准信，你们就回去吧。

不行，找不到他我们不会离开蛤蟆台。孟苗苗瓮声瓮气道。

可他已经不住在这里了。黄仙儿一着急，真话脱口而出，说完了，才知失言，不知所措地站在炉子前。

马永力连忙打圆场：我们已经知道了。

麻霜说的？

是，照片上的人曾经租住在她家里。

黄仙儿如释重负：对，对，"老头"在这里住了一年多，9月才搬走。

你知道他搬到哪里去了？马永力停住了筷子。

黄仙儿摇摇头：他们一家人很少说话，跟左邻右舍都生分，谁都摸不清底细。

马永力若有所思：哦。你能提供点儿线索吗？

黄仙儿想了想："老头"很少出门见人，倒是经常抱着孩子到我这里来买小食品。说到这里，黄仙儿忽然兴奋了：我想起来了，"老头"的左手小指少了一截。

真的？两个刑警异口同声地问。

没错，他总是用右手抱孩子，左手交钱，我看得很清楚。

师父，一定是侯天龙！孟苗苗忍不住大声喊道。

他犯了什么事？黄仙儿胆怯地问。

马永力连忙安慰她：没什么，别害怕，我们会保密的。

两个刑警踩着吱吱呀呀的楼梯摸到麻霜家门口时,却吃了闭门羹。屋子里没有点灯,大宝听见动静,刚叫出声,就发出了尖尖的哀嚎,显然是挨了打。

马永力敲门:大姐,是我。

你走吧,我病了,不能去找"老头"。

啥病?你开门,我进去看一看。

不用了,腿疼,走不动。

我们有车,不用走路。

可我下不去楼。

孟苗苗连忙接道:我背你。

受不起,哪敢让警察背下楼。

你见外了,警察就是为人民服务的。

哼,说的比唱的都好听,有困难找警察,我家老头子瘫了,你们给治吗?

大姐,你这就难为我们了,大哥得的是脑血栓,连医生都没有办法,警察怎能治得好?马永力拿出跟上访人员练出的磨嘴皮子功夫,准备打持久战。

麻霜却不耐烦了:你一个大老爷们儿,怎么比我还啰唆,废话少说,今天,我不会出门!

行,你身体不好,我们就不去找"老头"了。你打开门,我进去看看你的腿。马永力像个太极高手,一张一弛,又跟麻霜绕上了。

不用看,老毛病!

我妈也经常腰腿疼,前些日子我给她买了药,还没来得及送回家,放在车里,拿过来给你试试,挺管用的。

孟苗苗马上说:我这就去拿。马永力拉住他,悄声道:再去黄仙儿的店里买四个黄桃罐头。

屋里响起了趿着鞋的声音,麻霜开了门,道:我真服了你,比个老娘们儿还缠磨人。

马永力继续献殷勤：大姐，好歹认识一场，你病了，我哪能无动于衷。

麻霜一摆手：算了吧。要不是为了抓"老头"，你才不会搭理我这个老婆子。

马永力的太极拳露出了力道：大姐，你说得对。"老头"触犯了法律，我们是给国家做事，你是公民，有义务为警方提供犯罪线索。

麻霜被马永力的话镇住了，张了张嘴，又从豁牙里憋出了一句：这么做，是有生命危险的。"老头"犯的一定是大事，你们把他抓回去枪毙了，家里人找我报复怎么办？

我们会严格保密的。再说，蛤蟆台的许多人都见过"老头"，都可能为警方提供线索，我们一走，谁也说不清这件事，所以你尽管放心。

孟苗苗回来了，左手提着四个黄桃罐头，右手拿着药盒。大宝见到他，立即扑过来，像吃了摇头丸一样兴奋，呼哧呼哧喘息着，抱着裤腿又抓又挠。麻霜走过来，踢开大宝，顺势接过了罐头和药盒，道：电视上说，帮助警察破案是有奖励的。

马永力连忙说：我们也有奖励。

多少钱？麻霜瞪起了眼睛。

现在不好说，要分情况对待。马永力看着她的脸色，小心地说。

人家可拿了五万块！

孟苗苗忍不住道：那是对破案做出了重大贡献。

帮多大忙算重大贡献？麻霜认真起来。

你要是带我们抓到了"老头"，就算。马永力站起身道。

属实？

属实！

你说话要算话。

一言为定！

走！麻霜抓起头巾，套上棉袄，就跟着两个刑警下了楼。

乌河市建材装修市场的大门朝北，四周空旷，正是风口。天空还沉浸在黎明前的铁青色里，寒风凛冽，等活儿的人们三五成堆聚在一起，抄着手，脑袋缩进脖子腔，不断地吐出大团的白气。

麻霜拐着腿，趿拉着棉鞋，跟着两个刑警一边走一边咕哝：这是有生命危险的，要是叫"老头"看见，我就保不住命了。

三个人从东走到西，又从西走到东，也没有见到"老头"的踪影。马永力还要再走一次，麻霜不耐烦了：我走不动了，也看完了，送我回去。

孟苗苗说：再找找吧，不断有新人来，也许就有"老头"。

不行，我必须回家给瘫子做饭，8点半还要去教堂。

马永力扑哧笑出了声，实在看不出拐着腿、趿拉着棉鞋的麻霜跟教堂、神父有什么关系。他勉强忍住笑，说：别逗了，我看你天不怕、地不怕，还能信教？

麻霜正色道：我每天必须去见上帝，只有他老人家眷顾我们这些穷人。

这回轮到孟苗苗笑弯了腰：你的院子里、楼上、楼下住了八九户，每个月的租子比我的工资都高，还算穷人？

你们穿官服，有国家管着，谁管我们？麻霜停住了脚，抻着脖子喊道。

马永力连忙说：行，行，送你回去。然后，转向孟苗苗：你开车送大姐回家，等她做好了饭，再送她去教堂。

孟苗苗和麻霜走了，马永力站在寒风中，看见不远处有家拉面馆，便走了过去。进了门，从窗口买了拉面，环顾四周，见靠墙的桌子旁坐了一个五十多岁的打工者，于是在对面坐下来。装模作样地吃了几口，马永力就开始与他搭讪：天太冷，今天的活儿也不好等。

那人抬头看了看马永力：冬天到了，装修都停工了，我已经三天没干活儿了。说完，端起碗喝光了剩下的汤底，然后抹了抹嘴，眼睛不自觉地瞄着马永力的饭碗。

不嫌弃的话，拨些给你？马永力试探着问。

那人连忙摆手：你也要干活儿，吃少了，顶不到中午。

我不找活儿，是来找人的。我弟弟跟弟媳赌气，三个多月没回家了，老母亲着急，只好出来找一找。说着，马永力端起碗，将面条拨到了对方的碗里。

那人拿起筷子，有些犹豫：这太不好意思了。

没关系，只要你不嫌弃就行。

你弟弟长什么样？那人一边吃面，一边问。

马永力连忙拿出侯天龙的照片：你看看，认不认识？

对方放下筷子，接过照片，仔细看了看，摇头道：没见过。说着，三口两口将面条扒进嘴里：我带你去问问其他人。

两个人来到建材装修市场门口，那人对周围的打工者说：这是我的老乡，出来找他弟弟，你们帮忙认一认。

马永力赶紧掏出香烟，递了一圈，才拿出侯天龙的照片。大家传看了一番，都说不认识。

你弟弟是在这里找活儿吗？那人问马永力。

9月份的时候还有人看见过他。

大家正议论，一个戴棉帽子的人挤了进来。马永力连忙递上一支烟，他接过去夹在耳朵上，探过身子，看了看照片：我认识他，在十七站站大岗。

站什么岗？马永力困惑地问。

嗨，就是等活儿，他是个泥瓦匠，前几天我在十七站见过他。

十七站在哪里？

出了乌河市，朝中俄边境走，路过一个镇子或村子就是一站，你去找吧。然后又补充道：十七站有个中国人和俄罗斯人合开的木材加工厂，打工的人都在它附近等活儿。

2011年11月11日

马永力和孟苗苗开着红色轿车,一路数了十六个镇子、村子后,又在坑坑洼洼的泥路上颠簸了四十多分钟,眼前出现了一个矮山坡。他们绕着山坡转了半天也没有找到能走汽车的路,只好停住。

马永力下了车,回头对孟苗苗说:我到山坡上看看。说着,就顺着一条便道走了上去。十多分钟后,他回来了。

怎么样?孟苗苗焦急地问。

山坡下有条江,对面就是俄罗斯。

靠!我们是不是被耍了?

马永力想了想:不至于,告诉我这件事的人还说,十七站的人欺生,你要小心。

可这里只有十六站啊。孟苗苗焦躁道。

马永力上了车,深深地叹了口气:掉头,去十六站找木材加工厂。

此时,已近下午4点钟,太阳在山坡子后面时隐时现,天色渐渐暗下了。偶尔有白色、轻薄的影子舞到了挡风玻璃上,走着,走着,就变成了大片的雪花,一团、一团,蜂拥而至。

很快,天地间漆黑一片,孟苗苗打足车灯也看不清前面的路,只好将头探出车外,一边小心地开车,一边努力观察前方的路况。不知过了多久,风雪里终于出现了一点儿昏黄的灯光,孟苗苗连忙将车子开向那里。

原来是一家修车铺子,已打了烊,只有旁边的小屋亮着灯。马永力敲响了门,屋里人问道:sei(英纳市方言"谁"的发音)呀?

孟苗苗一听乐了,接着也用英纳市方言回答:老乡,此地巴,这里有歹的吗?("此地巴"是指土生土长的英纳市人,歹是吃的意思)

门立即打开了，走出一个五十多岁的男人，见到浑身是雪的两个刑警，便说：进来吧，有歹的。

异乡见故人，格外亲切。修车铺子里的男人操着已不地道的英纳市方言，热情地介绍说：我姓于，是从英纳市下乡到这里的知青，二十多年没回去了。马永力也拿出了警官证，说了追逃的事情。

老于一听，更热情了：我给你们做饭去，今天晚上就在这里将就一夜，说啥也不能出门了。

饭菜端上来了，蘑菇粉条炖小鸡、蒸土豆，还有一盘酱菜。老于搓着手：要是有一锅煮海红（即贻贝）就好了。

再来几瓶啤酒，一边剥海红，一边说话喝啤酒，多美呀。孟苗苗接道。

身边是老槐树，头顶上是串串槐花，海腥味的风吹过，那才是家呀。老于不禁红了眼睛。

马永力连忙转移话题：你知道十七站在哪里吗？

嗨，十六站就到头了，哪有什么十七站？说的是三站。

两个刑警面面相觑：这是怎么回事？

三站那里有个中俄合资的木材加工厂，俄罗斯人来来往往，想说中国话，又捋不直舌头，说三站，听起来却像十七站。时间久了，工厂里的工人被他们拐带得把三站也叫了十七站，以后，又传到村子里，就叫开了。

原来如此，孟苗苗长出了一口气。

马永力也高兴了：明天一早，我们就去三站。

人世间的许多事情，有的时候就像三站变成了十七站，一层雾、一层雪之后，真相就变得虚幻缥缈，没有道理和规律可循。人永远弄不清前方或者明天等待你的是什么，却又总是怀着希望上路。当马永力和孟苗苗在寒冬的凌晨赶往三站时，他们的希望就是发现侯天龙的踪迹，可事实全然与此无关。

在三站站大岗的人们就聚在镇子口木材厂的外墙边。马永力和孟苗苗做了充分的准备，将红色轿车藏在远处，背上了泥瓦匠工具袋，还用毛线头套挡住了脸。可当他们靠近站大岗的人群时，意外还是发生了：就像荒原上的一群野狗轻易就能分辨出混入其中的异类，十几个人立即围住了马永力和孟苗苗。

干什么的？一边问着，几条手臂就到了眼前。

找活儿。

懂规矩吗？话音未落，拳头已落了下来。

啥规矩？马永力一边后退，一边应付。

哪个林子的鸟，跑到这里做窝？接着，又是左面三拳，右面两脚。

孟苗苗急了，一个背摔就放倒了离他最近的人。

马永力连忙阻拦，凑近他的耳边道：不能还手，不能暴露身份，侯天龙很可能就在附近。

孟苗苗泄了气，收了架势，用身体挡住马永力。于是，乒乒乓乓的拳脚像雨点般落了下来，两个刑警被围在中间，只用手护住头和要害部位，既不还手，也不呼救。

孟苗苗说：这样下去，我们会被打死的。

马永力道：木材厂的大墙上有一个摄像探头，肯定连着派出所的监控网络，坚持住。

有动手的，还有看热闹的。离人群十多米远，有个人默默地注视着所发生的一切，既不靠近，也不与其他人交头接耳。没有人知道，他的袖筒里藏了一个秘密，左手的小指缺了半截。

巡逻车来了！有人喊道。

离得最远的人跑得最快，袖筒里藏着秘密的人，转眼就不见了踪影。

马永力拽起孟苗苗也撒腿就跑，一边跑，一边说：不能去派出所，这个地方太复杂，事情闹大了，只怕惊了侯天龙。

两个人跑回车上，才看见彼此的脸上都挂了伤，马永力的左臂还有些挫伤，轻轻一抬，便疼痛难忍。

孟苗苗看着他，轻声说：师父，直到今天我才明白，刑警还有一项重要的业务，就是要锻炼抗击打能力。

你小子运气好，一次追逃就体会了刑警所有的酸甜苦辣。很多人，干了许多年也未必有这些体会。说到这里，马永力顿了一顿，问道：还想干一辈子刑警吗？

孟苗苗咬着嘴唇点了点头：侯天龙就像一个巨大的谜，探寻谜底确实其乐无穷。我们下一步该怎么办？

在这里站大岗蹲守看来不行了，这些人就像威虎山下来的土匪，要另想办法。马永力说着想掏出香烟，却忘了受伤的胳膊，稍一动，疼得皱起了眉头。

孟苗苗发动了车子：先回城里，给你看伤。

两个多小时后，红色轿车进了乌河市。到了医院门口，马永力打开车门，下了车，却站住了，眼睛盯着大门两边挂着的牌子发愣。孟苗苗顺着他的目光看过去，只见左边的长条牌匾上写着"乌河市人民医院"，右边的金黄色牌匾上写着"乌河市妇幼保健站"。马永力忽然转过身：上车，去蛤蟆台。

你的胳膊怎么办？

回头再说。

回到车上，孟苗苗困惑地问：你到底在医院的牌匾上看到了什么？

妇幼保健站。

它跟蛤蟆台有什么关系？

马永力摇摇头：我想的不是蛤蟆台，而是侯天龙。

孟苗苗更糊涂了：师父，侯天龙怎么会与妇幼保健站扯上关系？

也不是他，是他的女儿。

女儿？

马永力有些得意：这件事，你就不懂了。不满两岁的孩子必须定期注射预防针，我在家的时候就包了这个活儿。

你是要去蛤蟆台的小诊所？

是的。侯天龙很有可能也带着孩子去打过预防针，每次打预防针，父母都必须登记，也许我们能从登记簿里查出他现在使用的名字。

黄昏的时候，两个刑警走进了蛤蟆台的小诊所。已临近关门，屋里只坐着一个医生，六十多岁，像穿着白大褂的农民，手里拿了本线装书，听见声音，从老花镜的上方抬起了眼睛。见马永力抱着胳膊走进来，立即站起身问：伤着了？

没关系，我有别的事情要麻烦你老人家。

医生从老花镜上方盯着马永力：你这个人真怪。抱着伤了的胳膊说是有别的事情，你是走错门了，还是脑袋搭错弦了？

马永力焦虑地解释：真的有很重要的事情。

我问你，到底胳膊伤了没有？

孟苗苗连忙道：伤了。

那就别说废话，先看胳膊。

可是，我们真的不是来看胳膊的。再说，你这里也不是骨科医院。

瞧不起我？医生摘下了老花镜，气哼哼地看着马永力。

好，好，我们先看胳膊。

挂号！老医生回到桌边，不紧不慢地写了张纸条，递过来：一块钱。

马永力哭笑不得，只好让孟苗苗掏钱。

老医生有板有眼地收了钱，拿出了一张单子，又不紧不慢地问：姓名？

马永力。

年龄？

五十六岁。

胳膊是怎么伤的？

摔的。

老医生从老花镜上边抬起眼睛，盯着两个刑警脸上的伤道：不要说假话，要诚实。

孟苗苗实在耐不住了：我们是警察，早晨去查案子的时候发生了误会，被一些人打了。

哦，说说症状。

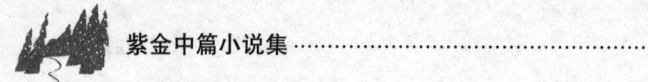

总算熬过了一道道程序，老医生站起身，握住了马永力的肩膀：我给你治治。话音未落，只听嘎的一声，马永力的胳膊立即轻松了。

有些轻微脱臼，我给推上了。老医生说着，又不紧不慢地回到了桌子旁坐下。

谢谢，谢谢。马永力站起身，由衷地给老医生鞠了一躬，然后，又掏出钱：要收多少治疗费？

已经收了。

一块钱？孟苗苗脱口道。

老医生淡定地回答：对。你们不是说还有其他事情吗？

是的。马永力连忙掏出侯天龙的照片：你见过他吗？

老医生接过去，看了半天：好像见过。

叫什么名字？

记不清。

他媳妇长得特丑，你有没有印象？孟苗苗忍不住插嘴。

蛤蟆台人的媳妇都是一个模样，我没见过漂亮女人。老医生从花镜上抬起眼睛道。

两个刑警忍不住笑了，老医生却更加认真了：这是事实，不假。

马永力问道：你这里有儿童接种防疫针的登记簿吗？

有，我去拿给你。

刚站起身，老医生仿佛想起了什么：把你们的证件给我看看。

登记簿摆在了眼前，孟苗苗一看就傻了眼，足足有三大本，每一页都密密麻麻地写着名字，他不禁脱口道：我们不知道侯天龙现在的名字，怎么查？

你不是会信息化破案嘛，想想办法。马永力学老医生的口吻不紧不慢道。

难道要我把这些名字都输入公安信息平台，一个一个对照片？

是的。

天啊！

2011年12月4日

连续多天，孟苗苗坐在宾馆里抱着公安专用电脑逐一比对登记簿上的人员照片，可熬了一夜又一夜，就是不见侯天龙。马永力则又深入蛤蟆台走访摸排，收水费的登记单、换煤气罐的电话记录、搬家的小货车，可查遍了所有可能与侯天龙接触过的人，都没有得到任何线索。侯天龙就像一块肥肉，在两个刑警的眼前晃来晃去，连香味都闻到了，可就是抓不住。

两个失落至极的人正坐在屋子里发愁，马永力的电话响了，是麻霜，她劈头就说：你们还找不找"老头"？

当然要找。

我知道他媳妇叫什么名字了。

马永力猛地跳起来，险些蹦到天棚上：真的？你快说。

拿奖金来。

好，好，我们这就去你家。

多天没见面，大家都觉得心里多了些东西。麻霜不再冷言冷语，而是接过了孟苗苗手里的两盒点心和四个青鱼罐头。大宝立即扑上来，又是一阵亲热，将一串脏脚印留在了两个刑警的裤腿上。床上卧着的瘫痪的男人，眼睛也发亮，努力地欠了欠身子。屋子里的气味似乎不再难闻，马永力坐在炉子边伸出手烤火，孟苗苗则坐在三条腿的凳子上逗弄大宝。

麻霜心软嘴不软：别想用这点儿东西打发我。

马永力连忙赔笑脸：这是我们的心意。登门看大姐，怎能空着手？

麻霜一瘸一拐地走到床边坐下：好吧。给多少奖金？

我知道，你信上帝，做好事不图报酬。再说，谈钱伤感情。

谈感情伤钱！上帝是上帝，奖金是奖金，你甭想糊弄我。麻霜断然道。

好吧，你先告诉我"老头"的媳妇叫什么名字。

不给钱，不说。

大姐，你这就不对了，总要先告诉我名字，查过了，才知道这条线索是否有价值。有价值，我才能为你申请奖金。

你可别骗人。

我以警察的名誉担保。

麻霜倒也痛快：行！"老头"的丑媳妇叫于金文。

你是怎么知道的？

昨天，我在菜市场遇到了一个熟人，就问他：你最近见过"老头"吗？他说：没见过"老头"，倒是见过他老婆和小姨子。真是奇怪，两人是双胞胎，却一个丑，一个俊。我连忙问：你知道他老婆叫什么名字吗？他说：好像是叫于金文。

他是在哪里看见这两个女人的？马永力焦急地问。

不知道，我忘问了。

说完，麻霜又咕哝道：告诉你们这些事，会有生命危险，你说，给多少奖金能抵我这条命？

马永力满脑子都在转双胞胎女人，没有心情再跟麻霜绕奖金的话题。正为难，手机铃声解了围。他看了看，竟是乌河市的一个座机号码，接通电话，就听对方呵斥道：别多嘴，小心我收拾你。是刘江的声音，马永力立时蒙了，刚想说话，对方却收了线。

握着手机，马永力的脑筋飞快地转动起来，可想了半天也不得要领。正困惑间，铃声又响了，他连忙接了，一个女声传过来：你好，马永力。

你是哪位？

崔君。

哦，是大队长。马永力立即明白了刘江的意思，自己已经被这女人盯上了。

你们还在蛤蟆台？

是的。

你是下了苦功，抓这个逃犯值得。

马永力霎时惊出了一身冷汗，莫非她已经知道了侯天龙的事情？心里一急，刘江的声音浮现出来：别多嘴，小心我收拾你。马永力明白了，他是提醒自己崔君要来套底细，于是，心里有了底，便说：逃犯只是冲动下失手伤了人，我们想多做些工作，让他自首。

是吗？崔君拉长了声音。

确实如此，你也知道，我们一老一小，要抓捕，困难太大。正在他的亲戚家磨嘴皮，这年头，政治思想工作也挺难。

哦。崔君半信半疑，马永力连忙朝孟苗苗使眼色。他立即明白了，躲着麻霜的目光，对着大宝就踢了一脚，那狗嗷嗷叫着，夹起尾巴跑到了床下。

崔君立即道：好吧，我不打扰你们了，有困难给我打电话。

见马永力收了手机，麻霜又道：这是有生命危险的，多少奖金能抵我的命？

你放心，抓住"老头"，我一定为你申请奖励。说完，马永力拉起孟苗苗就离开了。

出了门，直奔巷口的小卖店。进屋后，马永力顾不得与黄仙儿寒暄，拿起公用电话就拨了刘江打来的座机号码。

果然，刘江还等在那里，听见马永力的声音，就说：你没中招吧？

没有，只告诉崔君，在做逃犯家属的工作，劝其自首。

刘江舒了一口气：谢天谢地，我就知道咱们心有灵犀，你若是说了实话，就把我扔出去了。刚才，崔君找到我，问：为什么英纳市的两个刑警至今还在蛤蟆台转悠？我打着哈哈说：跟他们并不熟，只是见了面唠唠家常，这些天没联系，不知道在做什么。说到这里，刘江顿了一顿：老哥，你要抓紧时间了，否则夜长梦多，要是让崔君知道了你在研究公安部A级逃犯，她真有可能下死手。

你放心，困难确实很大，但是，我感觉要有眉目了。

我也有个预感，你这次能得手。这些天，我一直在跑外围，希望能找到有价值的线索。

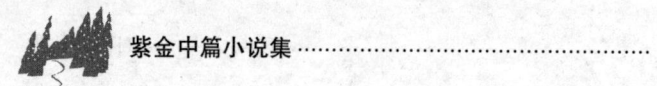

谢谢了，有机会你一定带着老婆孩子去英纳市，我们好好喝一壶。马永力由衷地说。

2011 年 12 月 13 日

孟苗苗又掉进了公安信息平台的汪洋大海中，马永力给他下了任务：搜索乌河及附近几个县市的于金文。于是，上千条记录跳上了电脑屏幕。几天几夜过去了，却没有一个符合双胞胎条件。马永力不死心，又下达了新的任务：搜索所有年龄与侯天龙媳妇相仿的女双胞胎。当孟苗苗用光了三瓶护眼液后，已是第四天的午夜。他一边瞌睡，一边继续比对照片。马永力实在熬不住，倒在床上鼾声顿起。孟苗苗走过去，推醒了他：请你不要打均匀的呼噜，我听着就熬不住了。

又过了几个小时，一丑一俊的双胞胎跳上了屏幕。丑的，板牙、招风耳；俊的，眉清目秀。孟苗苗的脑袋已经僵了，鼠标一动，就想跳过去，却点错了位置，一下放大了照片上的板牙、招风耳。他下意识说了句：是她。于是，站起身，走到马永力身边，推了推他。马永力翻了个身，含混道：我听见了，不要打均匀的呼噜。

孟苗苗却波澜不惊道：找到一个，板牙、招风耳。

叫什么名字？马永力一骨碌爬起来，直接摔到了床下。他手脚并用，爬到写字台前，只见电脑上端坐着一个丑女，板牙、招风耳，姓名栏内写着：刘金文。家属栏内写着：妹妹，刘金红。再查刘金红，果然眉清目秀，出生年月日和刘金文丝毫不差。

孟苗苗还在半梦半醒中，道：师父，"老头"的媳妇叫刘金文，不叫于金文。

马永力猛回头：很可能是没说清楚或是听错了，快走，去找麻霜和黄仙儿。

小卖店刚开张,两个刑警就闯了进来,一个手里抱着电脑,一个穿着宾馆里的简易拖鞋,冻得如筛糠般颤抖不止。孟苗苗见到站在化妆镜前的女孩,便将电脑伸进了柜台:快看,是不是?

女孩愣愣地瞄了一眼,立即惊呆了:就是她!

到底是谁呀?黄仙儿走过来。

马永力哆哆嗦嗦地说:你快看一看。

黄仙儿看见电脑上的人,也惊叫起来:啊!是"老头"的媳妇。

真的吗?两个刑警异口同声问。

女孩绕出柜台:你们再去找麻霜看一看,应该就是她。

开门,快开门!马永力将麻霜家的门砸得震天响:我们找到了,找到了!

真的?屋里响起麻霜惊喜的声音和大宝的狂吠声。她连忙开了门,又转身去开灯。孟苗苗抱着电脑刚走到屋子中间,床上的瘫子直起了身子,斜眼瞅了一眼屏幕,还未等麻霜来到电脑前,他便开口道:就是她!

马永力一把抱住孟苗苗的脑袋,两只手不停地揉搓、晃动,嘴里不停地说:我们找到了,找到了。大宝也兴奋无比,绕着两个刑警又是叫,又是蹦。

麻霜拽住马永力:给奖金,这是有生命危险的。

好,好。马永力一边答应着,一边将手伸进了怀里,这才发现自己只穿着衬衣和棉大衣,钱包留在了宾馆里。他再看孟苗苗,比自己还惨,只穿了件毛衣,冻得脸色发青。

于是,他转身对麻霜说:我们回宾馆给你拿钱。

刚走进宾馆二楼的走廊,就听见"五星红旗迎风飘扬……",唱得满楼道震天响。马永力连忙跑到他们住的房间,打开门,抓起了放在枕边的手机。

是刘江:你为什么不接电话,我都急疯了。

我们在网上查到了侯天龙的媳妇,去找人辨认,忘了带手机。马永力连忙解释。

我也查到了侯天龙母亲的新线索，她曾经在宾县农业银行取了十二万元钱。你说，在这种偏远地方取了这么一大笔钱，能做什么？

马永力立即兴奋起来：买房子。就是说，侯天龙很可能搬进了宾县的新房子。

是的。你们马上到宾县，我也赶过去。记住，沿途数清路过的镇子、村落，到了第三个，叫十七站的地方就是。

两个刑警和刘江拿着刘金文的照片，满怀希望地在宾县的房屋管理部门和几个新楼盘物业走访了一整天，却没有找到她的买房记录。站在马路上正迷茫，麻霜又打来了电话：你们跑到哪里去了，不是说好给我送奖金吗？

马永力耐着性子解释：我现在有急事，办完了就回去找你。

发奖金的事情国家是有说道的，你听，电视里正播着呢。接着，马永力手机里就传来了奖励为追逃行动提供线索人员的新闻播报。

马永力忽然大声喊道：我有办法了。去有线电视收费处。

刘江也明白了：对，他们总要看电视。

到了收费处门口，孟苗苗见旁边有一家五金商场，就说：你们去查，我想尿尿。

马永力警告道：这回可别跟我玩失踪。现在，真的是党考验你的时候到了。

孟苗苗连忙说：你放心，我决不会犯相同的错误，你们查完出来，我保证等在这里。

正如马永力和刘江所料，刘金文的名字刚输入电脑，就显示出了她的住址。拿着打印出的信息，两个人如获至宝，双手捧着，跑出了收费处。孟苗苗果然站在门口，手里提了个黑色塑料袋，见到马永力就说：车钥匙给我。

马永力瞅了瞅袋子，狐疑地问：你搞什么鬼？

没什么，去卫生间时顺手买了点儿东西。

你可真有闲心。马永力咕哝着,将车钥匙递过去。孟苗苗接了,打开轿车后备厢,将袋子放了进去。

三个人按照地址找到了一栋旧楼。刘江恍然大悟:原来,她买的二手房,所以查不到相关信息。

马永力说:先找个隐蔽的地方,商量一下。

十多分钟后,刘江只身走进了楼里。他一层层住户查看,终于在三楼走廊尽头的一家门外,发现了挂在墙上的水泥抹板。他连忙转身朝楼梯口走去,刚要下楼,就见一个女人迎面走上来,板牙、招风耳,看见生人,显出了狐疑的表情。刘江连忙礼貌地笑了笑:你回来了。那女人只好点点头,然后,朝着走廊尽头走去。刘江躲在楼梯口,见她打开了挂着水泥抹板的那户人家的房门,忍不住心里一阵狂跳,撒腿就跑下了楼。

一打开车门,他就说:没错,侯天龙就住在三楼,怎么办?

马永力沉思片刻:你看了现场的情况,觉得如何是好?

走廊太长,还摸不清屋里的状况,贸然抓捕怕不行。

马永力点点头:侯天龙当过武警,练了一身好功夫,在云南,曾经对付了十几个缉毒警察。

我要增援吧。刘江焦急地说。

孟苗苗大声道:不行!我和师父跑了两个多月,决不能让你们的人抢走侯天龙。

马永力说:到了这个地步,抓住他是压倒一切的道理。但是,我们还不清楚侯天龙是否在屋子里,如果叫来增援,怕惊了他,又会脱手。在英纳市,就有过这样的教训。

对,我们还是要慎重,摸清了情况再下手。刘江赞同。

马永力看了看四周,见对面有个小山包,于是说:我们等到天黑,屋子里的灯一亮,就到山包上用望远镜观察一下,应该能看到屋子里的情况,然后再做决定。

可好事多磨，刘金文家的窗户玻璃居然带半透明的磨砂花纹，孟苗苗趴在小山包的树杈上看了半天，也弄不清屋里到底有什么人。三个人只好决定蹲守一夜，伺机行动。

等待是最难熬的时光。晚上8点多钟的时候，三个人吃了面包，又喝下了冰冷的矿泉水。马永力看着刘江消瘦的面庞，说：实在对不起，让你跟着受罪，我知道，糖尿病人吃不得面包，最怕熬夜。

孟苗苗也说：你身体不好就回去休息，我和师父守着，你明天早晨再来。

刘江摇摇头：还要感谢你们，让我又回到了从前的日子。说完，他深深地舒了口气，也许这是我最后一次当刑警，值了，亲手抓住公安部A级逃犯，一切都值了。

说到这里，他看了看孟苗苗：你是块好材料，但要记得，干这行就像走钢丝，并不是在舞台上，等着鲜花和掌声，即使失足落下，还有人接着。我们是在深山峡谷里走钢丝，稍有偏差，就是万劫不复……

孟苗苗毕竟年轻，马上愣愣地问：你到底为什么从刑警大队长落到了这步田地？

马永力在第一天见面时就猜出刘江是走了麦城，于是，伸手拍了一下孟苗苗的脑袋：浑小子，闭嘴！

强奸杀人案，我们拿到了人，证据确凿，可那混蛋就是不开口。当时，正值年底，马上就要考核，领导急，民警更急。我们脑袋一热，就动了手，一拳下去，整出了脑出血，强奸杀人者因祸得福，住进了医院。我们就惨了，局长、政委双双辞职，打人的民警被起诉，我也被免职，从绥西市调到了这里。

马永力听了，心里无限酸楚，他回头拍了拍刘江的肩膀：兄弟，当年害我一蹶不振的人，就是侯天龙！

刘江的声音哽咽了：大哥，我一定帮你……

好，我知道。马永力也哽咽了。

两个命运多舛的刑警的手紧紧地握在了一起。

三个人轮流打盹，守到了凌晨。孟苗苗从睡梦中醒来，揉了揉眼睛，无意中瞥见侯天龙家的窗户亮了。他立即推醒了马永力和刘江，三个人紧张地注视着楼门口。孟苗苗忽然说：我要尿尿。接着，就拉开了后备厢的锁。马永力道：你怎么到了关键时候就尿尿，快点儿！

孟苗苗也不回答，下了车。片刻后，他拎回了黑色塑料袋。刘江见了，顺口问道：你拿着买的东西做什么？

当掩护，省得空着手让人起疑。

马永力狐疑地看了他一眼，正在此时，楼门口出现了一个人，勾着背，肩上挂着泥瓦匠工具袋，他脱口道："老头"出来了。

刘江下意识抓住车门把手：要增援来不及了，我们上吧！

不行。现在马路上空无一人，我们突然出现，会惊了他。

孟苗苗焦急道：我开车跟上，找机会别住他，实在不行，就撞倒他。

马永力瞅了他一眼：一旦不是侯天龙，怎么收场？

正说着话，那个人忽然转身，又进了楼里。孟苗苗开门就想下车，被刘江一把拉住：沉住气。

马永力紧张地思索片刻后，说：看来只能强攻了，再拖下去天亮了，楼里楼外人多起来，会碍事。

刘江赞同：想办法骗开侯天龙的家门，然后抓捕。

师父，成败在此一举，拼了吧。孟苗苗说着话，手里的黑色塑料袋攥得更紧了，脸色也因为紧张而变得煞白。

好，不能再犹豫了，这是个好机会，下手！马永力坚定地说。

三个人进了楼里，一边听动静，一边小心翼翼摸上了楼梯。来到侯天龙家门口，就见泥瓦匠工具袋放在门边。马永力看了看刘江和孟苗苗，又看了看工具袋，彼此便心领神会。

马永力照着工具袋踢了一脚,发出了哗啦啦的声响,接着屋里就传出了脚步声,侯天龙做梦也没有想到,当他担心外面有人要偷走工具袋而迫不及待地打开家门时,三个如饿虎般的身影同时扑了上来,令他当即摔倒在地上,仿佛被压在了磐石下,动弹不得。孟苗苗随后抖开黑色塑料袋,拿出里面的铁索链套在了侯天龙的脖子上,五花大绑后,又在连接处加上了六把锁。马永力顾不得爬起身,抓起侯天龙的左手,缺了一截的小指赫然在目。他抖着声音大声喊道:英纳市公安局刑警,你被捕了!

三人将侯天龙从地上揪起来,才见刘金文站在旁边,早已吓得呆若木鸡。此时,里屋传来了孩子的哭声,侯天龙异常镇静,说:我知道早晚会有这一天,你们让我看看孩子。正说话间,一个两岁多的小女孩光着脚从里屋走出来,看见被五花大绑的侯天龙,立即大哭着喊:爸爸!爸爸!

尖锐的哭喊声像一把尖刀扎进了马永力的心,与自己女儿的声音融合在一起,撕扯不开,他不由得停住了脚步。

刘金文将孩子抱起来,侯天龙拽着身上的锁链尽力凑上前:宝宝,记得爸爸说的话吗?

小女孩居然不哭了,用力地点点头:我去拿娃娃给你。说着,从刘金文身上挣扎下来,跑进了里屋。片刻后,拿着一个绒毛小丑玩偶跑了出来,踮着脚,要递给侯天龙。

三人面面相觑,马永力低着头说:拿上吧。

刘江腾出一只手,接过了小丑玩偶。

侯天龙说:谢谢,我跟你们走。

刚出门,就见走廊里聚满了黑压压的人,不断有人喊:干什么的?此时,刘金文醒过了腔,声嘶力竭地哭喊起来:绑架了,救命呀!

三人只好拽着侯天龙退到了屋里,孟苗苗顾不得刘金文扑上来又撕又咬,抓起一床棉被,猛地将侯天龙扑倒,三个人又协力将他裹住,扛起来,就冲出了屋门。

孟苗苗在前面开路,他终于找到了施展拳脚的机会,将几个月来所有的怒气和委屈，都撒向了阻挡他们的人。

红色轿车一路疾驰，赶到了龙江高速公路收费站。在旁边的空地上停下车，坐在后排的刘江发现裹在棉被里的侯天龙无声无息，他脱口道：糟了。说着，掀开了棉被。只见侯天龙脸色发青，眼睛朝上，露出了眼白，铁锁链紧紧地勒住了脖子。马永力连忙下车，拉开了后门，说：快开锁！

孟苗苗手忙脚乱地从衣兜里掏出钥匙，费了九牛二虎之力才逐一对开了五个锁头，再找另一把钥匙，却怎么也找不到。刘江和马永力急了，只好用力拉拽侯天龙身上的锁链，在脖子周围匀出了些空隙。侯天龙终于透出了一口气，脸色渐渐有了红润，睁开眼睛，第一句话就问：我的娃娃呢？

刘江将后座上的小丑玩偶推到他眼前：在这里。侯天龙连忙吃力地将脸凑了过去。马永力见他双手交叉被绑，看起来十分难受，就对孟苗苗说：快找另一把钥匙，打开锁链，换上手铐。

孟苗苗将手伸进了衣兜，似乎有些不情愿，摸了半天，说：找不到了。

刘江也说：别换了，这家伙太危险，还是这样让人比较放心，你们多留心，别勒死他就行。

马永力只好作罢。

"五星红旗迎风飘扬"又响了起来，是局长。此时的手机铃声仿佛有了另一种意义，令马永力激动不已。他颤抖着打开手机，近乎呻吟着说：我们拿到了。

真的？接着，对方就发出了雄狮般的喊声：他们抓住了侯天龙，抓住了公安部A级逃犯！只听电话里传出了一片欢呼声和敲桌子的声音。

局长落泪了，他哽咽着说：马永力，我马上派人去接应，你一定要注意安全。接着又问：锅盖儿脑袋还好吧，告诉他，我给你们记功！

放下电话，刘江和孟苗苗仿佛才从噩梦中清醒，扑过来，紧紧地拥抱住了马永力。忽然间，三个手机铃声大作，竟然都是乌河市的号码。刘江道：一定是崔君，你们别动，我来接。

马永力拦住他：还是我接，否则她一定会怀疑你。说着，打开了手机，努力用平静的声音说：你好，哪位？

马永力！崔君的声音充满了怒气：刘江是不是跟你在一起？

没有，我已经三四天没见到他了。对了，我还有事情向你汇报。刚才，我们要抓的坏蛋已经到手了，这就要回英纳市了，衷心地谢谢你。马永力张弛有度，几句话就掌握了主动权。

崔君无奈，换了语气：你们来乌河市将近两个月，也没有见个面，这样吧，坏蛋已经到了手，今天晚上我请你们吃饭。说完，也不等马永力同意，就下了命令：我现在派人到龙江高速公路收费站等你。

糟了，看来崔君已了解了底细。刘江一边说一边推马永力和孟苗苗上车：你们快走，记住，关闭手机，别停车，全速离开乌河市境内。

你怎么办？马永力猛地握住刘江的手。

别管了，剩下的事情我来处理。说完，刘江用力将两个战友推上车，关上了车门，大声喊道：快走，别耽搁下去，你们跑不过警车！

过了收费站，孟苗苗将油门踩到了底，红色轿车仪表盘上的指针已接近极限速度，整个车身都在发抖、发飘。侯天龙害怕了：你们别玩命了。

孟苗苗大声道：你还怕玩命？跟警察都敢过招，嘿嘿嘿，没想到吧，今天落进了小爷的手里。

三个多小时后，路边的标志牌上终于出现了下一个城市的名字，马永力松了一口气。他从后视镜里看了看躺在后车座上的侯天龙，见他正努力用嘴贴近小丑玩偶，心里不禁酸楚，想起了自己的女儿。他打开手机，拨通了家里的电话。

爸爸！一阵奶声奶气的喊声传了出来。

马永力霎时泪流满面。

爸爸！

爸爸！

听着女儿的喊声,马永力却说不出一句话。

大哥,是你吗?电话里响起了熟悉的声音。

是,是,我完成了任务,明天就能到家。说完,马永力已是泣不成声。

对方也哭了:快回来吧,我和孩子都想你。

忽然,后座上也传出了抽泣声,只见侯天龙的脸已离开了小丑玩偶,默默地流着泪。

夕阳跟着红色轿车跑了一程又一程,渐渐没了气力,隐在了灰色的天空里。呜呜的风起了,越来越猛,越来越凶,撕开了天上的灰色帷幕,雪花飘飘洒洒地落了下来。

马永力的手机再次响起,居然是刘三亮,他开口就说:老哥,你好,有点儿事情要给你添麻烦。

你尽管说。马永力一边嘱咐孟苗苗减慢车速,一边应付刘三亮。

能把红旗分局的地址告诉我吗?

做什么?

是这样,周春宝和于桂仙给你们做了一面锦旗,想寄过去。

马永力心里一阵感动,嘴上却说:别麻烦了,要感谢就让他们感谢你吧。我们都是一家人。

刘三亮道:周春宝就在旁边,他想跟你说几句话。

行,没问题。

手机里传出了嗫嚅的声音:谢谢你,傻儿子有救了,刚卖了羊,彩礼也够了,娘家人已经将姑娘送到了杨泉,还跟来了舅哥,打算一起安家。

马永力由衷地说:好。你一定不要再逃了,等我抽时间去做一做被害者家属的工作,争取得到他们的谅解,这对你有好处。

你放心,我决不再逃了,就在这里继续养羊等你,啥时需要,啥时跟你回英纳市。

收了电话,马永力对孟苗苗说:羊倌儿已经卖了羊,彩礼钱也凑够了,一个家能继续过下去了。

是的，师父，我也明白了，咱们刑警不只能抓坏蛋，还能做很多其他事情呢。

马永力也感慨道：老百姓有的时候真的很无助，需要咱们帮一把。

可这一把帮的，差点儿让咱局长下了岗，我们回不去英纳市。

你后悔吗？马永力看着孟苗苗认真地问。

不。这几个月的日日夜夜，身在其中时，痛苦、焦虑不安。可是，现在想一想，会是我人生中最值得珍惜的日子。

好小子，你修炼成了！马永力用力拍了拍孟苗苗的肩膀。

两个刑警说着话，却没有看见后座上的侯天龙松开了已经咬住小丑玩偶的嘴。

忽然，前方出现了一条横过马路的小狗，孟苗苗连忙轻踩刹车，让过了它。只见那条狗，又长又脏的白毛裹着眼睛和嘴回头看了看红色轿车，仿佛感谢般注视着它渐渐远去。

孟苗苗说：我有些想大宝了，见了咱们，就像吃了摇头丸一样高兴。

马永力道：你是想那个女孩了吧，给她打个电话？

你别胡说。孟苗苗的脸红了。

马永力继续逗他：是个律师，工作不错，人也规矩，可以发展。正说着话，手机又响了，是麻霜。马永力的脑袋立即大了，咕哝道：债主上门了。

孟苗苗也乐了：中国人真是不经念叨，想大宝，却盼来了它娘。

大姐，你好。马永力硬着头皮热情地招呼道。

你是警察，还是骗子，说好的事情不办，关了手机，跑得连影子都没有了。

你放心，我们跑了和尚跑不了庙，回到英纳市，我就把钱寄给你。马永力碍着侯天龙，不敢把话说得太清楚。麻霜却觉得他是在糊弄，立即来了火气：不行，你立即把钱给我，否则，到公安局告你！

我们在高速公路上，无法回去给你送钱。

麻霜更生气了：我就知道警察说话不算数，今天算是领教了，你废话少说，马上给我钱！

马永力见麻霜已经翻了脸，只好应付：你要多少？

五万！

我身上哪有这么多钱，再说，不经领导同意，我不能答应你。

那就两万五，一个子儿不能少！

大姐，你若是要这么多，只能等我回到英纳市处理。马永力耐着性子解释。

你身上有多少钱？

最多两千。

麻霜倒也痛快：你找个银行，我告诉你卡号，马上汇过来！

马永力还想再说话，麻霜抢白道：别再耍花招，今天晚上见不到手机上的银行提示短信，我明天一早就去公安局告你！说完，就挂上了电话，任马永力回拨了一次又一次，她也不再接听。

孟苗苗道：别理她，让她去告！

马永力摇摇头：不能言而无信，再说，确实答应了给她钱。

后座上的侯天龙憋不住了：高速公路上哪有银行，就让她等一等。

马永力回头看了他一眼，侯天龙自知失言，连忙闭了嘴。

你记得缘悲寺吗？那里有一个ATM机……

还未等马永力说完，孟苗苗瞪大了眼睛：师父，你疯了，车上装了要犯，你去给她汇钱？

今天若是不办，大宝和瘫子肯定会遭殃，明天早晨乌河市公安局信访处也会遭殃，趁早了了这份心思。马永力下了决心。

雪越下越大，夜色也越来越浓。高速公路上的车了渐渐连成了一串蜗牛，缓缓地爬行着。晚上8点多钟，局长又打来了电话：去接应的同志已经赶到了龙江高速公路口，因为大雪，收费站关闭。

马永力道：我们距公路口不远了，只有五十多公里。

局长高兴了：好，一定要注意安全，我在英纳市入口等着迎接你们。

又过了半个多小时，夜色里出现了凉河县的标志牌，孟苗苗说：师父，别去缘悲寺了，到了收费站就给局长打电话，他一定有办法处理这件事。

马永力答应了：好吧，我们赶路要紧。

可是，"蜗牛"却越爬越慢，在距离凉河县下道口不足百米时，居然停了下来。

孟苗苗不禁道：糟了，如果堵到明天早晨，我们又要挨饿受冻了。

马永力忽然说：随缘吧，我们去缘悲寺，实在不行，就在那里过一夜。

只好如此了，孟苗苗答应着，小心驾驶着红色轿车，从路边挤开一条路，来到了凉河县下道口。

一段长长的坡路覆了厚厚的积雪，车子开上去，就觉得轮胎像安了滑轮。孟苗苗立时惊出了一身冷汗，只好努力控制刹车，顺势下滑。眼见到了坡底，转过弯就是马路，忽然，前方出现了一辆农用三轮车，因为没有打灯，直开到眼前双方才看到彼此。孟苗苗来不及反应，猛打方向盘，轿车立即失去了控制，重重地撞上了护栏，轰的一声，侧翻过去，滑到了坡底，又撞上了桥墩才停下来。

不知过了多久，从已严重受损的红色轿车右后门爬出了一个人，接着，一个小丑玩偶也掉在了雪地上。侯天龙挣扎着爬到前门，却见车子已经完全瘪进去，根本无法打开车门。他又爬到了左边驾驶室处，只见车门被撕开，孟苗苗一半身子在里，一半身子在外，鲜红的血不断流出，染红了周围的雪地。

侯天龙努力站起身，见坐在副驾驶位置上的马永力被死死地卡在车里，毫无生气，只好对着孟苗苗大喊：你醒醒，快醒醒！

终于，眼前的人动了动，发出了呻吟声。侯天龙马上扑过去：快给我打开锁头。

孟苗苗闭着眼睛摇了摇头：你休想。

这样下去，你会死的。

孟苗苗又摇了摇头：死也不会给你开锁。说着，他居然动了动身子，企图压住右边的衣兜。

侯天龙咆哮了：我不会逃跑，要救你命！

孟苗苗依然摇了摇头。

侯天龙转身就跑，却忘了身上的锁链，一个趔趄又摔倒在雪地上。他拼命地朝着小丑玩偶爬过去，用嘴叼住它，又爬了回来，摇晃着站起身，将小丑吐在了孟苗苗眼前：这里藏着炸弹，自从电视上说全国开始追逃，我就每天教女儿，如果有人要带走爸爸，一定要把它交给我！实话告诉你，我很清楚，被抓住就是个枪毙，所以早都准备好了与你们同归于尽，可是，一路上……

说到这里，侯天龙哽咽了：你们是好人，让我救你们吧。

孟苗苗终于睁开了眼睛，轻声问道：真的吗？

侯天龙用力点了点头，然后又道：如果不止血，过一会儿，你就没命了，如果我要跑，何不等着你死？

孟苗苗不再说话，挣扎着掏出了最后一把钥匙，侯天龙扑通跪在了地上，让他打开了锁头。

抖掉了身上的锁链，侯天龙将孟苗苗抱出了轿车，放在雪地上，然后，猛地脱掉身上的衣服，又脱下了贴身衬衣，用力撕成条状，绑住了孟苗苗血流不止的左大腿。

我会死吗？孟苗苗浑身颤抖，断断续续地问。

不会，我当武警时学过急救，看起来不像伤了动脉。你坚持住，我一定救你。

好，好。孟苗苗一边答应，一边闭上了眼睛。

忽然，车里响起了"五星红旗迎风飘扬"，侯天龙连忙跑过去，找到掉在车里的手机，打开，里面传来了局长的声音：马永力，你们走到哪里了？可许久听不见回音，局长急了：马永力，马永力……

侯天龙握着手机，终于下了决心：我是侯天龙，出事了，你们快来救人！

什么？电话里传来了炸雷般的惊吼，片刻后，局长一字一顿道：我命令你，守在那里，一步不准离开！

93

是！侯天龙挺直了胸膛。

黑夜如漆如墨，在纷纷飘洒的雪花中，侯天龙向着红色轿车的残骸缓缓地将右手举到了额前。

天地间霎时矗起了一个伟岸的身影。

2011年12月14日

太阳在起落之间又诞下了一个日子，它无辜地落进了连绵不断、遥遥无尽的被叫作时间的长河，像一粒沙淹没在无尽的潮水里。太阳无暇顾及它，所以，这一天看起来像千千万万个日子，平凡而一成不变，花在开，水在流，过客匆匆。可它也有痛和美，因为那些人、那些事……

钻石与锈

我一边看最后的校对清样,一边看窗外的天光。

在大连,初冬的黄昏是淡淡的浅灰色。大海总是起雾,遮了遥远的夕阳,将丝絮一样的忧郁,洒满城市的各个角落。

这是我梦里的颜色,安静、伤感,仿佛在等着谁,却总也没有出现,只好永远等下去。有人说,梦是心有所想,这话也对。说不清心里何时存了忧郁,像一件没有完结的事情,总在纠缠。很小的时候遇见安徒生,这忧郁更加生发起来,我经常站在初冬黄昏的屋檐下,担心有一天化作大海里的泡沫,也幻想自己变成天鹅飞向远方。

明天要见报的新闻并不伤感。长出三颗白牙的九十岁老汉在开心地笑,人太开心的时候,就显得傻,皱纹凑在一起,像沙皮狗。旁边是自豪的亲人,女性,白腻的胖,肥大的脸挤进照片,永远不会忧郁的样子。

星期四的版面,对于我,像老夫老妻,有爱,更多的是无奈。爱,是因为固定的药品广告占了大半的版面,像朝鲜族妇女的长裙,飘带系在胸上。剩下的版面太少,就登些让读者解闷、开心的稀奇事。新闻是悬赏来的,三十块的线索奖,就能让全城到处闪现报料人的身影。记者省心,我更省心,不用采访,即使错两个字,也能蒙混过关。喜欢给报纸挑错、富有责任感的退休文化人视这种新闻为粪土。其实，我也视之为粪土，却还要做，并且要做得更像新闻。照片、文字齐整，心有不甘，就配发了医生的观点：是过去的牙根露出来了。无奈的抗议。

星期四的无奈还有一层含义：工作量少，就能按时下班。我由着于微微中午就离开了报社，不知她又去哪里冒险了。下午两点多钟的时候撵走了谢小虎，他大学刚毕业，喜欢腻着我，就像腻着他的两个姐姐。即使如此，三次校对结束，也拖不过5点钟。

送了付印清样，天光也只是由浅灰色变成了深灰色。我看看表，下午4点半，陶壮要到6点钟才能做好饭。我不愿意早回家，是因为害怕厨房，里面的家什像刑具，碰了就是伤。用刀子，十次有八次会割了手。烫伤膏要放在灶台旁，烧烫的勺把、迸溅起的油，很容易成为受伤的缘由。一切带包装的东西都是我的难题，要打开，不是将盐撒掉一半，就是被罐头盒伤得鲜血淋漓。刚结婚的时候，陶壮不进厨房，只因看着我的惨状比做饭还让他难受，只好加入进来，久而久之，做饭成了他的本分。

工作结束了，再待下去也没有理由，只好拽过我的古驰——今年最流行的超大款名牌手袋，几乎装得下一个婴儿——将手伸进去，在钱包、手机、口红、湿巾纸包和化妆盒之间摸了半天，也没有找到拴了狮子玩偶的车钥匙。只好将头又伸进去，对着亮光看，还是没有，一慌，就将古驰倒了个底朝天。哗啦啦，一阵响，玩偶狮子溜出来，口红也落在地上，眼见着要滚到办公桌下，急着去追，砰的一声闷响，大腿又撞到了桌子角。我经常这样撞来撞去，所有带棱角的东西都会碍着我，也许是我碍着它们。有一次在机场，膝盖撞上了金属椅子，巴掌大的瘀青几个月都未消尽。夏天不穿裙子，怕撞，也怕露出青紫的伤。

三十九岁的女人已经走到了悬崖边，四十岁是深渊，下面布满了皱纹、眼袋和赘肉。我害怕落进深渊，就像陶壮的祖母不愿意面对死亡。我嫁进门的时候，她七十五岁，十多年过去了，有人问：您高寿？她会说：七十九了。这七十九已经说了许多年，脸不红，心不跳。想藏起年龄的都是女人，没听说哪个男人永远七十九岁。年轻些的女人则喜欢猜谜一样的游戏，遇到关心自己年龄的人，会充满期待地问：你看我多大？猜得少，立即变成知己；多说一岁，就是冤家。我虽不刻意藏起年龄，也担着心，就用时尚抵御岁月。有时，是一种流行的发式；有时，是一双黑色的丝袜，格子状的花纹，衬着小腿的肌肤是婉约低回的风格，诱着人总想看清楚。而今年，超大款的名牌手袋配高跟鞋最具杀伤力，中性的风格占了上风，自信随之而生，卷了男人和女人的目光，像秋风扫落叶。男人是在鼓荡着被激起的征服的欲望，女人则关心钱的出处，竭力要读出八千四百港币包含的情感故事。被看得越多越自信，无论以什么方式，只要被关注，活得就有滋味，这是真实的女人。还要感谢陶壮，是他用攒了一年的奖金，托机场里的空姐，从香港买回了新款古驰。

推开报社大楼的转门，风吹起了长发，<u>丝丝缕缕</u>，浪漫地遮住了脸。一个人沿着小街旁高大的银杏树走，高跟鞋敲打着静静的红砖，像寂寞的嘉宝。走进停车场，来到维特拉身边。它是日本产吉普车，像我，长得像，个性也像。一样的白皙，中规中矩的造型，车头跟车身比起来，显得有些长，像正在沉思的孩子噘着嘴。我也给人中规中矩的印象，出神的时候，像孩子噘着嘴。却不知从哪里透露出古灵精怪的气息，也许因为属于双子座，风是我的元素，无法捕捉。我知道维特拉的出厂日期，也在双子座运行的日子里。陶壮有各种各样的朋友，不知是哪一个从哪里鼓捣来这辆白色精灵般的吉普车，当作结婚十年的礼物送给我。二手的，大连只有一辆，开着它穿越城市，像特立独行的风。

我是很随意地就嫁了陶壮，却带来了超乎期望的收获，他把我捧得像个女王。在经历过一次伤心欲绝的失恋后，陶壮的爱像救世的菩萨，让我有脱离苦海的感觉。云海是我的大学同学，他说爱我，却会陪着其他女生去游山，我为此而逃学回家，他又追到深夜的火车站。惨白的灯光下，一双球鞋伸到我的泪光里，我又不得不跟他走。联欢的酒宴上喝多了，将我弄上床，哭着说，世上只有我让他心碎，却在毕业的时候告诉我，他是独子，不能离开省城。他像一把锯，拉过来、拉过去，伤到了骨头，再继续拉下去，就是心。我不想一辈子在自己的心上放把锯，坚持说，父母也需要我，还说了另一个理由，我思念大连的海和灰色的忧郁的冬天，沈阳的气候会风干了我，把我变成木乃伊。

其实，父母并不需要我，他们随姐姐去了加拿大。母亲深爱姐姐，父亲深爱母亲。三个人仿佛天生的一体，只多余了我。没打算生我，却有了身孕，去堕胎，遇见了一个多事的医生：也许是个男孩，留下吧。结果却是女孩，我还是细胞的时候，就跟妈拧着劲。生下来，相貌、性格又差了八千里，不像姐姐一样仿佛是母亲的复制品，人家是娘身上的肉，我则是个瘤子，早晚割了，才是正路。所以，在二十五岁那一年，我被抛弃了两次。现在已经忘了当时的痛苦，只记得经常一个人站在深冬的海岸，看灰绿色果冻般的大海。

后来，遇到了热心人，是报社里临近退休的女编辑。她说，该找个婆家了，还说，她当红娘比当编辑成功，介绍一对成一对。于是，我跟着她来到了肯德基餐厅。陶壮见到我，站起身，比我低半头，有一颗圆圆的脑袋，理成寸头，大连男孩子通常流行的样子，有些俏皮，还含着刚性，眉眼间没有优点，也没有缺点，是看一眼就会忘了的模样。说话的声音很活泼，却有点儿口吃：就，你来了？我忍不住笑，觉得很亲切，那是我失恋后第一次笑。这相逢一笑，泯了生疏和差距。陶壮买来薯条和饮料，还热情地为我打开番茄酱的包装。我看着他挤出番茄酱，就觉得能嫁他。我从没有规规矩矩撕开过任何带包装的东西。以前，跟云海在一起，打开番茄酱是我的天职，不是撕开的缝隙小了，用力一挤，衣服、手上甚至脸上都像流血，就是用尽吃奶的力气也撕不开，于是用牙，左拧右转，结果是一包番茄酱直接挤进嘴里。云海从不帮忙，只会看着笑。我含着千般委屈，又觉得是为了爱情，心酸，脸上却在笑。这红娘很神奇，将比我低半头、说话有点儿口吃、中专毕业、在机场做普通职员的陶壮变成了我眼中的白马王子。虽心有不甘，觉得红娘看低了我，可她的红线恰好在我最弱的时候系在了我最弱的地方。

自从认识陶壮以后，我再也没有一个人去看海，而是跟着他坐在机场的停机坪旁边，看银色的飞机起起落落。那时管理不严，飞机也还是稀罕物，他像个淘气的男孩，拉着我的手，从各个可能溜进去的通道溜进去。也许看飞机真的很快乐，也许是我不想住肮脏阴冷的单身宿舍，爸和妈走后，我就再也没有进过家门。爸求过，妈也在电话里低着语气劝过，可我不能回去。小时候，总觉得自己是丑小鸭，早晚会变成天鹅，飞到天上看丑鸭子。可结果是，人家变成了天鹅，姐姐上了名牌大学，在那里结识了加拿大留学生，而我还是丑小鸭，没有飞上天的本事，却有自尊，宁可落进陶壮的鸭子窝里，也不要打天鹅的牙祭。陶壮有一套自己的房子，我们就同居了。跟陶壮上床，我一点儿也没有患得患失的心理，笃定不会被抛弃。差距就是安全感，奇异的爱情等式。

我被陶壮像女王般捧着，恋爱、结婚，生了蕾蕾。自己还没有摆脱丑小鸭的命运，却又牵上了另一只。因为羊水过敏，我的身上布满了硬币大的红疹，世界上大概只有我会得这种怪病。羊水装在肚子里不过敏，生下女儿时，流到哪里，哪里起疹子，最后连成了片。月子里不能见风，喘息间都是红艳艳的痒，不吃饭，只吃药，也不见好。女儿哭，我也哭。一夜夜做着相同的梦，陶壮离我而去，我抱着蕾蕾坐在马路边。这梦持续了很长时间，大概得了产后忧郁症，陶壮也不知道，他只能照顾我的生活，却不能照顾我的心。那段日子，我总在担忧两只丑小鸭会无家可归，恋爱时的优越感早已荡然无存。有一天，在饭桌上，我装作若无其事地问：陶壮，你为什么爱我？这是自从认识他第一次问这件事。陶壮的头埋在饭碗里，想也没想，瓮声道：就因为，你是最弱的。这句话，治好了我的产后忧郁症。

但我并不认为自己是最弱的，在报社的经历就是证明。我用了十多年时间，将自己包装成了首席记者、社会新闻部的副主任。虽然只领导谢小虎和于微微两个人，但也挂了主任的名头。中国人的习惯最人性化，头衔上的"副"字一概省略，并且，"主任"两字可大可小，一喊出来，就能让不了解情况的人浮想联翩：我可以是副局级的编委主任，还可以是领导二十多个人的部门主任。三十九岁的女人能让人联想到这些，满足了虚荣心，又弥补了因青春已逝带来的怅然失落。

为了陶壮的好，我交出了所有收入，除此之外，不知如何报答他。报社的工资高，我在圈子里还有些小名气，一些注重企业文化的公司或者私营时尚杂志社，经常请我做文案，他们出手都很大方。知名品牌进入大连，也要找媒体做宣传，很轻松就能拿到高额稿费。陶壮的工资不高，可我从未抱怨，觉得这是爱情中的一个砝码，稳定了心里的天平。

报社门口的小街是单行路。下班的时候开车是顺着单行方向，而早晨就比较麻烦，必须围着报社转大半圈才能将车开进停车场。我几乎每天上班都会接近迟到的边缘，情急之下，就开着维特拉走反道冲过小街。这虽然很危险，我倒乐此不疲，小小的冒险会让我一天精神振奋。当然，这一定要看准与小街交叉的主行路口的红绿灯。当红灯亮起来的时候，才可以执行我的冒险计划。

下班时不用承受这样的心理负担，上了小街，开出五十米，右转弯，就能汇入中山路滚滚的车流。我打开收音机，找到音乐台，却在播广告。又找到新闻台，一自称专家的老年妇女正声嘶力竭地介绍特效药。于是按下CD键，小小的空间里，回响起英文歌曲《钻石与锈》，优雅的女声像美国南方的雨季，伤感而浪漫，唱着自己逝去的爱情。我总是被快要结尾的一句感动：是的，我依然爱你，即使再给我钻石与锈。

看看表，刚过5点钟，于是决定走缠绵在丘陵之上的滨海路回家。虽然要绕很远，但在冬季，路上几乎没有车子，不用忍受塞车之苦。一年中，本地人只能在这个季节欣赏那里的景色，一过3月，外地人涌进大连，各种旅行车就会塞满滨海路。

从星海广场西面的路口上山，连续经过几个接近六十度的转弯，维特拉就让大海漂浮在我们的脚下。冬日的黄昏不但在前方，还在维特拉的身后，从后视镜里看，初冬的海是灰色的，像海明威描写过的那条大鱼，露出了波光粼粼的后背，等到了深冬，则会变成灰绿色，果冻般凝在海湾里。蔚蓝色的海，只会出现在夏季，艳阳中，露出凡·高式的笑容，燃烧着鲜艳的蓝、鲜艳的黄。大海也有心情,会随着季节的变化而转换。此时,夜色从山的阴影里升起,细而高的路灯像孤独的少年,恋恋不舍地注视着维特拉的背影;路旁的长椅,斑驳陆离,是被夏日的雨淋坏了,年复一年,还在顽强地坚守着自己的责任。

伤感又在我的心中铺陈开来,我早已不再思念云海,对陶壮也很满意,可心里总有一小块空地,就像这冬日里的黄昏。

放在旁边座椅上的手机响了,我拿起来看,是谢小虎:文姐,你在哪里?

为了发稿方便,也为了永远记住自己是个瘤子,我将名字只留下了两个字:文嘉。于是,谢小虎就跟着于微微叫我文姐。他长得小巧玲珑,鼻梁上落着褐色的雀斑,被两个姐姐熏陶得性情温和。我总嫌他有些腻,跟他讲话,短而硬气:正开车回家。

哦,你要小心,或者停下车再讲电话。

我有点儿烦,又不好表露,只得说:没关系,你尽管说。

西城公安分局的包民今天晚上要请我们吃饭。

还是为那件事吗?我心里的烦又增加了几分,将电话换到左手,用右手更加精心地照顾方向盘。

是的,我都不好意思了。

有什么不好意思,就说我们没有时间。我找到了发泄的缝隙,不客气地说出了这句话。

谢小虎顿了顿,又怯怯地说道:文姐,这次不能回绝了。包民说,西城分局主管刑侦工作的副局长要见你。

电视剧里的警察都是天不怕地不怕的硬汉,现实中的却怕新闻报料人。西城区有个下岗无业人员狂热地爱上了这一行,也许年轻时还有警察情结,两者结合,简直比真正的记者还敬业,像西城公安分局的新闻发布人,经常提供相关线索。最近,接连发生的几起刑事案件上了社会新闻版面,分局政治处的宣传干事包民是谢小虎的高中同学,三番五次地要请我吃饭。可我不想赴宴,一是对警察没有什么特殊的好感,再者,新闻就是要发挥监督作用,总不能为一次宴请就放弃自己的原则。可人家局长要出面,再拒绝就有些不近人情了。转念又想,我的驾驶证已被记过多次违章,结识了公安局长,也许用得上。这样想着,就对谢小虎说:好吧,在哪个酒店,我过去。

谢小虎如释重负:6点钟,在雪国饭店。

我答应了,又说:你通知于微微,我们三个人一起去。

谢小虎更高兴了:我这就给她打电话。

于微微下午逃的时候,朝我神秘地眨了眨眼睛。这是我们之间的秘密,象征着她又有了新的冒险对象。于微微小我六岁,正是姐姐与我的差距。都说小孩子差一岁,心智就差了千里,关于我,姐姐跟妈的口头语是:你怎么这么笨?有时她们互相会心地笑,我也不懂笑什么。知道了于微微的年龄,我就把她当作了过去的笨小孩,处处呵护着。她也领情,一口一个文姐,叫得异常亲。在跟了我两年后,有一天,忽然将我约到报社附近的咖啡馆,还未开口,先掉下泪。我慌了:谁欺负你?还以为报社里有人要对她潜规则。她抽泣了半天说:文姐,我知道你是能把别人的隐私带进坟墓里的人,所以才告诉你。原来,她当大学讲师的丈夫居然是同性恋,常去一家相同趣味的人聚集的浴池。一个上高中的孩子误入其中,家长报了案,警察出面,都带去了派出所,通知于微微交罚款、领人,她才知道。于微微想离婚,又下不了决心,她丈夫的性取向很复杂,爱男人,也爱她,所以才跟我商量。

我说:还是听父母的意见。有避嫌的意思,怕担不起破坏婚姻的责任。

于微微说:母亲死得早,大学毕业时,患了癌症的父亲也去世了,有个哥哥在南方,只顾着自己。她一个人处理了父亲的后事,买了墓地,埋葬了骨灰盒。她说着,眼里的泪像细碎的冰,上唇处窝着清涕。我看着她,像看到了头上插了草棍卖身葬父的小孤女,陪着掉了一番泪,两个人就成了知己。于微微至今没有离婚,却已经换了五个情人,从开始的胆怯害怕,到现在成了她的乐趣和生活的意义。于微微把换情人称为浪漫的冒险,而我则跟着她经历了每一段激情。

天色已经完全暗下来,我打开维特拉的大灯,将车停在燕窝岭附近的宽敞处，然后拨通了家里的电话，半天才听到陶壮的声音：就，是不是又有应酬？尽管有调侃的口气，还是掩饰不住失望。我有些不忍，柔声道：刚刚告诉我，西城公安分局的人要请客，我和谢小虎、于微微一起去。

我隐瞒了要见公安局长，还拖上两个部下，这样才能让陶壮放心。果然，他的声音又活跃起来：我做了菠菜鱼丸汤，你没有口福了。我说：留一碗，明天早晨再喝。

知道，还没有下锅，留些菠菜和鱼泥，明早给你做新鲜的汤。

我由衷地说：谢谢。又想起了女儿：你早点儿接回蕾蕾，别让她吃太多巧克力蛋糕。婆婆家住在不远处，蕾蕾放了学由奶奶照顾，通常是我下班后接她回家。

放下手机，我轻轻舒了口气，又回到了心里的那一小块空地，黄昏已经落幕，夜色如水，流淌着一种神秘的期待……

我从包里摸出芭比波朗的腮红、唇膏，又打开头顶的小灯，对着后视镜补妆。芭比·波朗教给全世界的妇女如何对付彩妆，她是个天才，在粉底里加了黄色，却比那些加了粉色的大牌粉底更能让我这个年龄的女人显得光彩照人，谁能想到，正是黄色最适合黄脸婆。我欣赏芭比·波朗卓越的逆向思维方式，成了她的忠实粉丝，所有化妆品都是黑色盒子的芭比波朗。尽管只是彩妆一流，护肤品并不出类拔萃，我也照单全收，像对陶壮，怀了感恩的心，并不嫌弃他的口吃。

我从雪国饭店的转门走进大堂，就看见谢小虎和一个穿着警用棉衣的人正在亲热地说话。见到我，他们迎上来，谢小虎介绍：这是文姐。还未等我开口，那人就热情地说：我是包民，在报纸上经常看见文主任的名字，原来这么年轻、漂亮。说着话，笑容从嘴角一直流淌到耳朵后面。他个子不高，眼睛像跳跃的兔子，灵活地在我和谢小虎中间蹦来蹦去。

不知是在哪本时尚杂志看到的名言：当别人称赞你年轻时，就是看出了你已经不年轻的年龄。我心里闪过一丝懊恼，矜持地伸出手跟他握了握。

谢小虎做成了人情，显得很兴奋，顺着包民的话说：文姐，这条围巾很

适合你，跟衣服的颜色也相配。我穿了一件橘色的休闲棉衣，围巾印了浅咖啡色的碎花，从领口里露出来。谢小虎的话还算合理，他学的是新闻摄影专业，对颜色搭配很在行。

我露出了笑容，包民似乎松了一口气，引着我们去包间，不再多话，热情中有了谨慎。

推开门，于微微坐在沙发上，见到我，站起身迎过来，将蜜色的胳膊伸进我的臂弯里，亲昵地叫：文姐。于微微肤色略深，穿了件短袖T恤，低腰牛仔裤，高跟靴子，又用了古驰的"嫉妒"系列香水，气味满屋子飘散开来，仿佛到处都是法国女郎冷冷的眼神。

我脱了棉衣，谢小虎殷勤地接过去，帮我挂在衣柜里，然后说：文姐，你坐，我们去点菜。包民也说：魏局长还在出现场，大概要晚一点儿，你别介意。我说：没关系。

等他们离开，于微微去端了茶壶，给我倒茶，弯下腰，一字形的锁骨凸出来，V字领的尖端处又浅浅地凹进去，胸前仿佛藏了两个刚孵出的鸡雏，紧贴着棉质的T恤，诱人地抖。卷曲的长发染成金铜色，是流行的颜色，属日本风，冬天穿短袖T恤，外套毛皮装，也属日本风。只隔着一道海，流行的风潮很容易就吹到了大连。

给我倒了茶，她挨着我坐。我下意识挪了挪身体，她并没有靠过来。纤尘般细腻无声的默契又是一种奇异的尴尬，于微微舔了舔嘴唇，低声说：吃过饭，我们去蓝圈龙？

我顿了一顿：看情况吧。

蓝圈龙是人民路上的一家酒吧，有时晚上应酬后，我会和于微微再去那里喝杯啤酒。去的次数不多，我不愿意回家太晚，惹陶壮不高兴，又惦记着蕾蕾。

于微微低头绞着细长的手指：陈飞很in，这次，我要下决心离婚。

她也说过另外的人很in，最后都变成了out。这时髦的外来语，用在于微微的爱情上，倒是很形象，进去了再出来，in 是含着羞的浪漫，out 则像发了疯的狗——还是嗓门粗壮的黑背的声音。人生不如意十之八九，于微微的爱情也中了这魔咒。

我们正说着话，门无声无息地开了。我抬起头，立时也中了魔咒。进来的人站在吊灯下，朝我微微一笑，弯弯的嘴角和细长的眼睛向上展开，罩了柔黄的光，像天使的翅膀，温暖、亲切，蜜汁般流进了我的心里。二十年岁月倒流，我变成了扎着羊角辫刚刚进入初中的十三岁女孩。

初冬的午后，我去英语老师办公室。早已忘了当时去做什么，只记得要离开时，门无声无息地开了，一个瘦高、有着清秀白皙脸庞的男孩走进来，将手里的一摞作业本放在离我不远的办公桌上。那里正靠着窗，洒满蜜汁般的阳光，他抬头看见我，弯弯的嘴角和细长的眼睛向上展开，罩了柔黄的光，像天使的翅膀，那笑容仿佛认识了我一辈子，温暖、亲切，蜜汁般流进了我的心里……

后来才知道，他是高中部的学生，到了秋天开学，就再也没有见过他。我的初恋像天使的翅膀，美丽而短暂，也许，根本没有存在过，天使怎么会来到人间？

此时，他又站在我的面前，清秀的脸上蒙了一层疲惫的沧桑色。我上初一，他上高三，五年的差距，现在他应该有四十四岁了，却显得很年轻，大概与他依然留着少年时的发型有关。我呆呆地看着他，无法开口。

谢小虎和包民回来了。见到他，包民走过来：魏局长，我给你介绍，这是报社的文姐，哦，不对，是文嘉主任。他记着我的矜持，有些慌。我站起来，还沉浸在蜜汁般的阳光里，忘了伸出手，只对着眼前的人点了点头：你好。

被包民叫作魏局长的人打量了我，说：好像在哪儿见过你。我垂下眼睛，躲开他的目光：不可能。十三岁的时候，我很自卑，妈妈嫌我自卑得还不够，给我穿姐姐的衣服，又长又旧，我不愿让他想起那个胆怯、畏缩的女孩。

他不再说什么，拿出名片和我们交换。于微微接过去，扑哧，笑出了声。我看了一眼名片，上面写着：魏英雄。偷偷瞪了于微微一眼，她也知道自己失态，连忙说：魏局长，你的名字跟身份很相配。魏英雄并不介意，笑着说：

105

父亲起的名字，他是个老兵。

包民将魏英雄让到主座，又示意我坐在他的右边，然后轻推于微微：你坐在局长左边。魏英雄却说：还是让女士坐一侧。于微微的眼睛里掠过一丝失落，被包民蹦来蹦去的目光捕捉到了，他笑着说：对，对，是我考虑不周，咋能让局长照顾两位女士。

寒暄过后，服务员给大家的杯子里倒红酒。我说：我不会喝酒，给我倒茶水吧。声音含着颤抖，像刚刚吃过退烧药一样虚弱。其实，我能喝一点儿酒，可我怕酒精燃烧神经，将真相说出来。包民站起身，接过服务员手里的酒瓶：文主任，这酒一定要喝，让魏局长陪你。我刚想再推辞，魏英雄说话了：包民，女士可以随意。

我感激地看了他一眼，正与他细长的眼睛相遇。仿佛一块炭火隔在中间，我们都立即跳开了目光。魏英雄额角的一块伤疤清晰地留在了我的心里。我想，这是职业的印迹，阳光里的少年和凶残的罪犯在我的脑海里不断纠缠。我又开始在饭桌上撞来撞去，先是碰翻了自己的茶杯，正发愣，魏英雄已经用纸巾挡了茶水流开。我有些窘，想掩饰，又去转动玻璃桌面，却拖走了谢小虎夹菜的筷子。魏英雄将玻璃桌面停住，还用眼色示意包民为谢小虎添菜。做这一切的同时，他正在接听手机，不动声色地顾着我，像细雨，润物无声。

心里的一小块空地盛着阳光，又落了雨丝，是从未有过的静谧，每一根神经都自然地舒展开，不再像初生婴儿握紧的拳头，抵御云海的那把锯，又伸向陶壮，诚惶诚恐地寻找庇护。

他放下了手机，我觉得该做点儿什么，于是，端起服务员换过的茶杯说：我以茶代酒，敬局长。魏英雄端起酒杯，并不看我，只是微笑，说了声谢谢，就将满满的红酒一饮而尽。

我看着他的空杯，说：我也喝红酒。服务员托着酒瓶走过来，被魏英雄拦住了：别喝了，你属于酒精过敏类型，闻着酒味都会脸红。

还是不看我，对着服务员说。

我只好喝了杯中浅浅的茶水。

于微微听了他的话，问：魏局长，你咋知道文姐不能喝酒？

魏英雄的眼睛终于找到了落点，打量她说：你倒是有点儿酒量。

于微微来了兴致，站起身：我陪您一杯。这话有些暧昧，像风尘女子遇到了主顾。

魏英雄的眼睛里闪过一丝狡黠，笑道：按说，应该我先敬酒，文主任已经抢了先，这程序似乎有些问题，你可以等一下吗？

包民反应快，站起身对于微微说：这杯酒，我陪你。于微微无奈，只好跟包民碰了杯，喝下了红酒。

我坐着，觉得今天的一切都不对。不是应酬，倒像落入了多年以前的梦，早已不奢望的梦。

接下来，魏英雄敬了酒，还是要我喝茶水，也对于微微说：不强迫，随意。于微微像憋着气，要了满杯的红酒，不眨眼地喝了下去。包民盛赞：好酒量。又殷勤地为她添菜，谢小虎也凑趣，递给她一块蒜泥烤排骨。

魏英雄敬酒时说，感谢报社的同志。这句话提醒了我，他放下酒杯我就说：你们对刑事案件的报道有什么要求？

话音刚落，于微微和谢小虎一起转向我，脖子和眼神像被冷不防提起的鸭子。这也难怪，我从未在这种场合如此痛快地要解决对方的问题。

魏英雄愣了半秒钟，为了掩饰，伸手去端眼前的酒杯，又觉得不对。包民看出来，让服务员倒了茶水端过去。他喝茶，我在心里笑，觉得英雄气短，就想看儿女情长，于是故意侧过头，盯着他，认真地说：魏局长，你是领导，下命令吧。他更窘，半边脸起了红晕，对着包民和谢小虎说：刊登相关的报道并没有问题，只是有些案件暂时要保密，有利于刑警开展工作。

我听了他的话，对谢小虎说：你敬包民一杯酒，以前对老同学和公安工作都照顾不周，赔罪吧。包民马上说：文主任，我喝两杯，自罚。说着话，两人眉飞色舞地对饮，又拉了于微微，脑袋凑在一起，像三只蜜蜂。

魏英雄转过头，我失去了胆量，看桌子上的菜。他咕哝了一句"调皮"，就将生菜鱼翅卷转到了眼前，又夹了一份放进我的小碟里，然后端了酒杯，站起身去跟三只蜜蜂凑趣。我坐着,心里的一小块空地又发起了疟疾,一阵热、一阵冷地抖。席间,我只碰过这道菜,怕油腻,也怕胖,魏英雄都装在心里。

我吃了鱼翅卷。包在外面的是西生菜,学了日本料理的做法,用冰水浸过,脆亮亮的声音像京剧里锵琅琅的锣鼓声,传统的梦,传统的歌,唱的是英雄气短、儿女情长。

分手的时候,魏英雄上了一辆黑黢黢的三菱吉普车。它无声地滑入黑夜,像拉着一块幕,遮了我心中的阳光和雨丝。冬夜凛冽的寒,是深蓝的颜色,星星高而远,在天际边,钻石般时隐时现。

我叹口气。于微微问:回家,还是蓝圈龙?

我说:蓝圈龙。

看见我和于微微,抱着吉他唱歌的女孩笑了。这也是个秘密,表示结束了这首中文歌曲后,就会唱起《钻石与锈》。爱上蓝圈龙,是因为这首歌,也因为她,一口地道的美式英语,唱得清元音和辅音,汤是汤水是水。化着浓妆的脸,藏了无数沧桑,只有眼睛亮晶晶,像钻石。也许,唱着歌等王子,却只等来了我和于微微。第一次听她唱这首歌,我们相拥跳舞,也是第一次,为了她,付一份昂贵的小费。

两杯啤酒摆在眼前,我和于微微不约而同端起来,又不约而同说:敬滑雪。

话一出口,都笑了。

去滑雪,是魏英雄的提议。在分手的时候,他说,西城分局的管区内刚建了一个滑雪场,总经理是他的朋友,多次邀请他带刑警队员们去滑雪。他还说,去的时候会让包民通知我们。

我不知于微微心里想什么,只觉得我们有相同的心思,都装着魏英雄。没有证据,只有感觉,而我的感觉从来不会错。

《钻石与锈》的歌声响起:

　　今晚月圆　你又打来电话

我坐着 握住电话
　　听熟悉的声音
　　那是几个光年前
　　仿佛不断地向下坠落……

　　酒吧里明暗交替的光线下，抱着吉他唱歌的女孩，卸下了所有伪装，让结了痂的心，露出了鲜嫩的粉红色。

　　我和于微微拉着手，走进舞池，在钻石和锈色里跳舞。在大学里读过的波伏娃和杜拉斯，潜藏在我们的舞姿里——令人向往的自由的心。

　　一个真正的流浪者
　　你漂泊入我的臂弯
　　而你的停留
　　如海上的短暂迷航

　　雪国饭店的相遇是太短的迷航，航线上有于微微，见证了我早已不奢望的梦。拥着她跳舞，就像追了梦的脚印。

　　在可以远眺华盛顿广场的小旅馆窗前
　　你我呼出的气如白云交错
　　凝结在冷空气中
　　对我来说
　　我们真该死在彼时彼地

　　于微微忍不住，头伏在我的肩上。我知道她一次次坠入情网，都是差点儿死去，不能由着她哭，于是，拉着她回到了啤酒旁。

　　喊来服务生，要了一盒玫瑰牌香烟，先给于微微点一支，自己也含了一支。香烟的好处在于无形的烟雾能消散说不出的痛苦。它是我的劣迹——只有于微微了解的劣迹。陶壮不知道我会吸烟，就像不知道我的心里有一块黄昏般的空地。

香烟吸引了于微微,她看着烟灰缸——玫瑰牌香烟很神奇,纯白的烟灰不会四处飞散,而是一截截呈空心筒状,规矩而雅致。于微微喜欢这烟灰的样子,经常说:爱情如果如此雅致该多好。

我首先开口:陈飞是烟灰情人?想知道她的心思里究竟有没有魏英雄,于是,提起了陈飞。

她自嘲:一个无业游民。

我吃了一惊:怎么会搭上这种人?

老掉牙的故事,英雄救美都是这个结局。

于微微不愿意多说,我也不再问。这大概是她喜欢我的地方,从不追问她不愿意说出的话。

我们默默吸着烟,看筒状的白色烟灰。终于,她又开口:今天下午,陈飞给了我两万块钱。

这倒新鲜,在她的情人中,我还是第一次听说这种传奇。于微微羞于将爱情和钱混为一谈,但跟我一样讨厌小气的男人。从她的丈夫到五个情人,爱情总是不如意,又都跟钱有关。她告诉我,小气的男人和小气的女人一样多,还都被她摊上了。丈夫不给钱,是因为没有孩子,她又赚得多;情人不给钱,是因为微微总是在需要钱的时候,主动买单。在这件事上,她一直委屈着,忽然有人给她两万块钱,连我都被感动了。

我希望她的爱情更结实,不要因魏英雄而摇摆,于是试探着说:你认识陈飞不到一个月,就为两万块钱坠入情网?

于微微将半截玫瑰牌香烟在烟灰缸里捻灭:陈飞大我一岁,还是单身。

这倒是个理由,她还是第一次遇上了单身情人,可这理由并不充分。于微微顺着我的疑问继续说下去:我跟他在一起很快乐。

我借着酒劲:快乐的性?

于微微不置可否,喝了一口啤酒,忽然探过身子凑到我的耳边:他能在约会的每一分钟里跟我做爱。

这次轮到我喝啤酒,咕咚咕咚喝下半杯。因为喝得急,噎住了,我捂着嘴竭力咽下了。

于微微趴在桌子上笑得浑身颤抖，半天抬起头：文姐，你真out。

我被她笑得有些恼：难道像你，就算很in？

是呀，约会情人的感觉确实很in，也许，你也该尝试一下？

于微微因为近视，又不愿意戴眼镜，总是习惯性地眯着眼睛。她还喜欢用深黑的眼线液和睫毛膏，眉眼间不自觉就会流露出一袭风尘味，此时，在我的四周荡来荡去，让我的心也飘摇起来。

魏英雄怎么样？于微微忽然说出了正在飘摇的心思。

我的心一抖，下意识回应：你胡说什么？

算了，我都看出来了，你从未在男人面前如此慌乱。

我说：早晨没喝牛奶，缺钙。

弹吉他的女孩又唱起了歌，我站起身，拉了于微微的手：去跳舞。

我们肆无忌惮地握着手，心也贴近了一层，仿佛相伴在漆黑的大海里，看迷航的人。

进了家门，已过10点钟。陶壮叉着腰，蕾蕾也叉着腰站在门口：老实交代，去哪儿了？两个人异口同声。

我忍不住笑，蕾蕾手里还拿着吃蛋糕的叉子，脸蛋上粘着褐色的巧克力、白色的奶油。我扔下古驰，将蕾蕾抱起来，又拿下她手中的叉子埋怨陶壮：这么晚了，还让她吃蛋糕。

未等陶壮开口，蕾蕾就把湿漉漉的小嘴贴在我脸上：我想妈妈，吃蛋糕就能忘了这件事。女儿刚上小学，像我，经常说伤感的话。

蕾蕾的小嘴像丑小鸭的脚印，怯弱地在我的心上踱过，撵走了魏英雄和蓝圈龙，荒唐的梦醒了。

我说：陶壮，你看电视吧，我送蕾蕾上床。

他凑过来，看了看我的脸：喝得不多。

跟他们不熟，只应付了一杯。

陶壮放心了，回到沙发上坐下。我抱着蕾蕾去了卫生间。

女儿睡了。我也洗过脸，回到客厅。陶壮还坐在沙发上，眼睛盯着电视，很投入的样子，见了我，口是心非地说了句：累了，先睡吧。他爱电视剧甚于爱我，编剧和导演臆想出的人物，总比我更有吸引力，他关心他们的喜怒哀乐，却很少顾我的情绪。

如果是平常，我会坐一会儿，可今天，心里的一小块空地刚发过疟疾，虚弱得没有力气伪装成贤妻，于是说：我去睡了。

进了卧室，并不开灯。走到梳妆台前坐下，镜子里清幽的光，像月夜里的海面上迷航的人发出的。我叹口气，拿了装在粉色瓶子里的护肤水，又找化妆棉，盒子里却是空的，就失去了耐心，站起身径直上了床，将自己卷进被子里。窗帘的缝隙间，透进路灯昏黄的光，像天使的翅膀，在我眼前挥舞。总有什么会发生，这个念头吓住了我，惶惑中，竟是对明天的期待，这也许就是于微微说的 in 的感觉。

外面传来陶壮趿拉趿拉的脚步声，我松开了被子，装作安静入睡的样子。他上床，凑过来，手插进我的长发，缠绕起来，绞了几根短的，令人生厌的疼。如果推他的手，就会顺势拉了我，也生硬，仿佛一根根扯断了柔情，只好被动地应付，过后，还会缠我的头发，令人生厌的疼。平时，我就不喜欢，今天更倦，努力忍着，不推他的手。固定的功课进行不下去，陶壮有些不甘心，缠了更多的头发。我转过身，压了倦意：真的很累，明天好吗？他放了手，咕哝道：行，睡吧。

陶壮睡了，我还睁着眼睛，想细雨，润物无声。在大学里，云海送给我一个音乐盒，会唱《友谊地久天长》。躲在被子里听多了，又生出另一个礼物：长夜里难以安眠的习惯。我总是静静地想各种可能和不可能发生的事情，想累了，蒙眬地睡一会儿，很快醒过来，再继续想，直到凌晨才会安睡。所以，我总是起得晚，总是在临近迟到的时间才会出现在报社里。

细雨令人陶醉，想也想不够。一夜无眠，直到凌晨 4 点多才睡过去，又睡得很沉。醒来时，先一惊，觉得丢了宝贝，心里空茫茫，像患了失忆症。

窗外传来了一个熟悉的音调，不知是谁，总在清晨吹起小号，只有两个音节，吹过来，吹过去，抖抖地在晨风里飞。我经常在无眠的夜里想起吹号的人，也许看透了人生，他才反复吹出两个音节——像生与死，就这么简单。

门锁响了，我看表，已经7点多，是陶壮送了蕾蕾上学又回来了。起身迎出去，他一边换拖鞋，一边说：去洗脸，鱼丸汤马上好。我凑过去，想吻他的脸，陶壮像平常一样偏着头躲过了，我也像平常一样并不在意，转身去了卫生间。

鱼丸汤做好了，我却不想喝。又盛了粥，在陶壮对面坐下，用勺从汤碗里淦出两个鱼丸，放在粥上，怕陶壮失望。他正在敲开咸鸭蛋，剥了壳，先将蛋清放进自己的碗里，又用筷子挑出油油的蛋黄送给我。刚同居时，在早餐桌上，我剥了咸鸭蛋壳，再剥蛋清，只留蛋黄放进碗里，陶壮好奇地看，确定我把蛋清也当蛋壳，就伸过筷子捡到自己碗里：别浪费了。我心里一热，嘴上说：以后，我不喜欢的东西都要你吃。陶壮认真地点头，又剥了鸭蛋，送来油油的蛋黄。那一刻，我决定嫁给他。

此时，心里又涌起黄茸茸的温暖——陶壮虽不懂浪漫，却是真心爱我。于是起身，打开冰箱拿出了牛奶。陶壮的头埋在饭碗里：先热了再喝。一起生活十多年，他早已习惯了我的多变，并不在意我不吃鱼丸，又放下粥碗，而去喝牛奶。

我抱着杯子，喝下五百毫升牛奶。在大学里，从卡夫卡的传记里知道，牛奶可以安抚颤抖的神经，他为此喝了许多刚挤出的新鲜牛奶，据说，因为牛奶感染了细菌，他后来得了肺病而死。试了试，真就管用，一天里，很少撞到教室里的边边角角。与云海拉锯的时候，天天喝。失恋后，喝得更多，当饭，当水。遇上陶壮后，很快胖起来，再不敢喝，反正有他，心不疼，看青紫的伤也不在意。

又喝牛奶，是为了抵御天使的翅膀在心里飞来飞去，神经安定了，心也会安定。

吃过早饭，陶壮找出一个浅绿色的塑料档案袋。我问：又到还房贷的时间了？

他说：卡上已攒了五万元，早些还，省得被银行剥削利息。

我给了陶壮两张银行卡，一张是工资卡，另一张里存了为其他媒体做文案的报酬。我像害怕厨房一样害怕银行，永远看不懂密密麻麻的文件，幸亏陶壮不嫌烦，包揽了这些事情，每次还房贷，我跟着去签字就行。

我和陶壮决定开着维特拉去银行。下了楼，来到车子前，按下车钥匙，并没有响起熟悉的开锁声。慌着又试了几次，才想起，昨晚忘了关车灯，电瓶没电了。将无辜的目光投向陶壮，他咕哝：不省心的家伙。然后掏出手机，翻了半天通讯录，找到号码，拨过去：电瓶没电了，打发人来救我。陶壮有各种各样的朋友，什么事情都难不倒他。

我的心里生出一丝愧疚。陶壮说我是最弱的，其实就是低能。没有陶壮，不知哪个男人肯收留我。这样想着，用钥匙打开车门，和陶壮坐进去，又耐心地调试收音机的频率，找到讲笑话的娱乐台。他高兴了，拍了拍我的肩头：文嘉，你是我一辈子爱不够的老婆。

陶壮的可爱，除了表现在鸭蛋黄上，还表现在时常不经意说出的令我心安的话。爱我的低能，还会一辈子爱不够，在婚姻的天平上，这个砝码最重，口吃，赚得少，还有床上令人生厌的疼，都可以忽略不计，丑小鸭需要一个容得下丑陋的家。

日子在牛奶中流淌，天使的翅膀还是会飞来飞去。魏英雄经常出现在我的心里，有时清晰，有时模糊。可我不是小女孩，早已从自己和于微微的经历中悟出了爱情的规律：钻石在梦里，现实锈迹斑斑。为了看更多的锈迹，我找出了《安娜·卡列尼娜》。她的寻梦之路延伸到车轮下，我还活着，可以重新在卡列宁和渥伦斯基之间权衡得失。

上班，下班，接送蕾蕾，跟陶壮过着有时淡有时咸的家庭生活。牛奶和安娜让我昏昏欲睡。连于微微也消失了，常借采访跑得无影无踪。她只在失恋的时候，才会在办公室里从早晨坐到黄昏。我想起她，眼前就会出现能够远眺华盛顿广场的小旅馆，想差点儿死去的感觉，也想从那里分手的感觉。

我在心里寻梦，觉得比于微微走得远，看清了终点的景色。

总编的一纸批示，像个炮仗扔进了牛奶里。我接到采访任务，星期三去海星岛参加市委书记召开的现场工作会。与在家庭生活中正相反，我在工作上并不低能，有独特的新闻视角，还会写庄重、干净的文章，几家报纸发相同的报道，我总有与众不同的东西，撑起自家门面。海星岛在西城的尽头，一半在陆地，一半在海里，因为适合修建超大型深水不冻港，被确立为经济特区。消息传遍全世界，新加坡、韩国和美国的造船、物流巨头，在这里签下了投资协议，每平方公里铺了三亿美金。

工作像咖啡，替换了令人昏昏欲睡的牛奶。我守着电脑，查清了关于海星岛的信息，又列好提纲，准备在采访时重点关注。做这一切，就忘了天使的翅膀。安娜如果是个记者，也许不会自杀，职业女性总能看见情感之外的世界，不必盯住锈迹斑斑的车轮。我决定只带谢小虎去海星岛，那里不是秀场，于微微金铜色的卷发和牛仔裤只会招来鄙夷的目光。

头天夜里，早早定了闹钟，还仔细看了看，指针是一只鸟，兢兢业业踱着步，于是，放心地在长夜里折腾，又在凌晨时睡过去。我是被手机铃声惊醒的，应该报晓的鸟一声未吭——闹钟里的电池没电了。谢小虎在楼下打来电话，我还在被窝里。

慌着喊陶壮，却没有人，才想起他送蕾蕾上学了，只得手忙脚乱冲进厨房热牛奶。外面起了风，扑在北窗上，发出呜呜的声音。我又想起了谢小虎，扔下牛奶回客厅，从包中掏出车钥匙，打开窗户，扔给了在楼下瑟瑟发抖的可怜人。再回厨房，牛奶已经有一半在炉灶上变成了焦黑色。

我像一只受伤的鸟，在厨房、卫生间和梳妆台前扑腾，撞来撞去，带出一片喧闹声。手也抖，乳液的瓶盖滚到了床下，装了湿粉底的化妆盒又打不开，用力掰，带镜子的盒盖就断了筋骨。总算打扮妥当，看手表，7点半，又慌了。还有一个小时，我必须出现在海星岛，它在西城的大海边，要冲出市内拥挤的车流，还要再跑三十分钟的高速路。橘色的棉衣不能穿，太显眼，海星岛不是展示个性的地方。慌乱中打开衣柜，拖出白色高领毛衣，又套上一件经

常在深秋时穿的灰色半大衣,就冲到门口,却找不到家里的钥匙,正准备将古驰倒个底朝天,陶壮回来了。我从他身边挤出门,喊了句:我要去海星岛。就像受伤的鸟,狼狈不堪地逃下楼。

打开车门,谢小虎送上一张笑脸:别急,晚一点儿没关系。我感激地看他,觉得他鼻梁上已经被冻得发紫的雀斑也变得可爱起来:幸亏你赶来,要是等我去接,到了海星岛,只能跳海了。头天,我说明早去接他,他连忙摆手,现在又等了半个小时,无怨无悔。我从心里感谢他的两个姐姐,培养了他的耐心和细心。

车子上了路,心才渐渐平静。来自西伯利亚的冷空气如长鞭抽打着城市,维特拉在寒风中颤抖,我在维特拉中颤抖。座椅是冰的,方向盘也是冰的,空调旧了,不能马上升温,我的大衣在这种寒流突袭的深冬,像一张报纸披在身上。谢小虎:你穿得太少。我说:没关系,坚持一下就过去了。嘴上这么说,心里却发毛,海星岛的风更大,气温更低,只好在心里祈祷,市委书记也穿得少,把现场会变成座谈会。

上帝没有听见我的祈祷,市委书记穿了厚厚的羽绒服站在黑压压的人群里。谢小虎举着照相机去拍照了,我找到市委的随行人员拿了新闻通稿,回到人群外围瑟瑟发抖。海星岛上的风像掺了冰碴,飕飕地割着脸,又像黑色的礁石,生硬、凶猛,仿佛要把陆地掀进海里。大衣的帽子是用作装饰的,宽大得像风筝,被海风吹得一会儿贴在我的右脸颊上,一会儿又贴在左脸颊上,没有一丝的暖,倒像助纣为虐。我忍着冷,却忍不住颤抖,市委书记的声音像游丝散落在风里。于是,悄悄挪动脚步,想在人群中寻找避风的位置。转了半天,也逃不过掺了冰碴的海风。这有点儿像人生,明明有许多人站在周围,却还是无依无靠。我不得不停下来,再转下去,就回到了出发的位置。我用缩在袖子里的手捂住脸,抵挡寒风,只露出眼睛,从人缝里寻找市委书记。前面,一顶深蓝色的大盖帽遮住了视线,我只好移动脚步躲开了,又朝前靠了靠。

那顶深蓝色的大盖帽朝我转过来。风忽然吹下了我的连衣帽,扎成马尾的长发立即盖住了脸，本能地转头想甩掉，就看见了穿着制服的魏英雄。我已经冻成了棒棒冰，蜜汁般的阳光和天使的翅膀也僵在了记忆里，只象征性地朝着他动了动已经麻木的嘴角。他看了我半秒钟，掏出手机，低下头，悄声讲了几句，又恢复了原来的样子。我并不在意，继续在寒风中努力捕捉市委书记的声音。

身后有人拉了拉我的衣襟。转过头，一个司机模样的人递过一件警用棉衣。我以为要给魏英雄，指了指他的背影，司机连忙摆手，将大衣塞给我，就退出了人群。我明白了，魏英雄打电话，是为给我找来棉衣。

他的身高超过了一米八，衣服穿在我身上，几乎长过膝盖，袖子更长，盖住了手。我放开缩着的手腕，心也跟着放松了，流出热的血，温暖了全身。一个电视台记者扛着摄像机穿过人群，魏英雄自然地随着他的身影转过脸，看见我穿上棉衣，微笑着点了点头。我看着他，想说，你知道我喝了多少牛奶？现场会结束了，人群陆续散开，魏英雄遇见了熟人，我只好一边用眼睛搜索谢小虎，一边等着将棉衣还给他。我并没有脱下来，是舍不得，手握着袖子。

魏英雄走过来，先开口：我们又见面了。随意的口气，透着关切。

他穿着短款警用作训棉衣，高大、整洁，黑色的毛领和亮闪闪的警徽簇拥着清秀的脸，大盖帽下的眼睛深藏着一丝忧虑。

我垂下目光开始脱棉衣。

他又说：离停车场还有一段距离，走过去再说。我乖乖停了手，跟着他朝停车场的方向走。

谢小虎不知从哪里冒出来，见到魏英雄，热情地嚷：魏局长，你怎么会在这里？

魏英雄看见他，像亲人，拉着手，又拍了拍肩膀：海犀岛在西城分局管区，我们要为经济建设保驾护航。

说完，又换了关切的口气：你们怎么回去？没有车，就跟我走。

他是握着谢小虎的手对我讲话，再沉默，既不礼貌，又会让谢小虎看出端倪，于是，接过话头：我开了车子来，不麻烦你。

谢小虎像跟了大人出门遇上了要送玩具的亲戚：局长的三菱大吉普真帅，我倒想坐。说完，又怕得罪我，马上转了话头：还是跟文姐回去，她开车也帅，闯红灯时超酷。

来的时候，因为急，我抢了两个黄灯的尾巴，被他抖出来。

魏英雄看我：这么文静，还会抢红灯？太危险了，以后要当心。

我哭笑不得，谢小虎还是没长大的孩子，真拿人家当亲戚。于是岔开话题：照片拍得怎么样？

谢小虎抬起手擦了流出的清鼻涕：你放心，没问题。话音未落，又嗖地从我身边蹿出去。

我和魏英雄一起回头，见市委书记在众人的簇拥下走过来。我们闪到一边，让开路。他看见了魏英雄，停住脚步，伸出了右手：小魏，你也来了？

魏英雄连忙用双手握住他：分局长去北京了，我替他参加会议。

市委书记点点头，离开了，仿佛周围没有其他人，更没有我。好奇心变成了勇气，我看了看魏英雄。

他说：市委书记是我父亲的忘年交，刚参加工作的时候，与父亲共事。

我不能问想知道的事情，只得言不由衷道：他老人家还好吗？话一出口，就觉得并不得体。

魏英雄说：已经过世了。

我哦了一声，再不知如何开口，只好跟了他，朝停车场走去。

魏英雄的司机迎上来，我马上脱下棉衣递给他，说：谢谢你。司机接过去，一边瞅着魏英雄的脸色，一边小心地说：天气太冷，你先穿着，抽空我找你取回来。我说：不用了，我开了车子，直接回报社。

魏英雄露出了欣慰的神情，也许并没有，只是感觉，但我的感觉从来不会错。果然，他也没有执意让我穿走棉衣，只伸出手说：希望有机会再见。

站在旁边的司机给了我勇气，也伸出手，让他握住，眼睛却在寻找谢小虎，嘴上也说：这孩子又跑到哪里去了？我是想借此麻痹手上的神经。

魏英雄并不介意，握了我的手，又用了一次力，像电流，击穿了身体，握住了心。我变成了一只呆鹅，愣在寒风里。他则松开手，转身上了吉普车。

　　魏英雄温热的手握在我的心上，喝多少牛奶，也逃不脱。少年时的相遇、生菜鱼翅卷和能盖住手的警用棉衣，纠缠在脑海里，让我常常像只呆鹅，愣愣地出神。带蕾蕾去超市，推着购物车，思绪也能回到海星岛，仿佛跟在魏英雄身后走向停车场。蕾蕾拉住我：妈妈，我们要去哪里？我才发现已经走到了另一个出口，可购物车还是空的。陶壮也看出来了，我就用《安娜·卡列尼娜》遮掩：小说读得太投入，有些伤感。

　　我陷入了安娜的痛苦中，却没有私奔的路。魏英雄不可能没有结婚，我也不可能放弃陶壮和蕾蕾。世界变了，爱情也早已变了。现今的女人，最想嫁的就是卡列宁，即使做二、三、四房都在所不惜，谁会放弃辉煌的婚姻，跟渥伦斯基私奔？他只配当偷情的对象。我的婚姻并不辉煌，却走的是丑小鸭的路——可以安稳走下去的路。

　　我像不倒翁挣扎在思念和理性之间。工作、家庭是不得不做的功课，我成了货真价实的双子座，一半应付功课，另一半插着天使的翅膀飞向了魏英雄。思念的苦无处发泄，母亲却找上了门。她从加拿大打来电话，低着语气叫：文嘉。我听了，厌倦和委屈如潮水般泛滥开来，被割掉的瘤子无法长回去。

　　什么事？是最冷的心，发出最远的声音。小时候，我和姐姐一起感冒，那时，康泰克刚从美国远道而来，有着出奇的疗效，所以在卫生所里像三年困难时期的口粮一样金贵。妈说，姐姐要考大学，病不起，康泰克留给她。我就咳着熬了半个冬天。最冷的心，最远的人，可她却做了我的母亲。

　　你爸病了。

　　我顿了一顿：什么病？是不想知道的口气。

　　滑雪摔伤了。

我的眼前出现了雪地里幸福的三口人：跟我有什么关系？

陶壮坐在沙发上看电视，忽然插进来：文嘉，你怎么说话呢？

我看了看他，心里就怯了。陶壮似乎比我爱从前的家里人，妈每次打来电话，遇上他，就会说半天。可我总觉得，陶壮并不爱他们，爱的是一种感觉。每到这种时候，他就有机会当私塾先生，高高在上，弘扬万事孝为先的传统。可这毕竟是一种好，还占着大道理，我自然怯。

收敛起来，就无话。陶壮走过来，拨开我，拿去了听筒，亲热地说：妈，我是陶壮。

原来爸滑雪时摔伤了腰，总也不见好，疼得万箭穿心，仔细检查下来，发现得了骨结核，要做手术。加拿大的医药费高得惊人，爸又怕语言不通的医生，执意回大连。

妈说什么，陶壮就信什么。可我知道，这是妈的主意——花姐姐的钱，不如折腾父亲。我是个瘤子，他也好不到哪里去，低声下气了一辈子，屈就着妈。

想到这一层，思念魏英雄的苦就再也压不住，夺过陶壮手里的电话：你现在才生出我？

还没听到妈的声音，就被陶壮推了一个趔趄，我终于找到哭的理由，转身进了卧室，用被子蒙住脸，心里一遍遍念：魏英雄……

爸下了飞机，像奥运冠军。陶壮带着几个同事，推着轮椅、手捧鲜花从飞机上接下了他。我等在出口，远远地看见父亲，委屈、厌倦顿时烟消云散。他本就瘦，又是小骨架，被钻心的疼折磨了几个月，像一把骨头丢在轮椅里，脸上只剩一层皮绷着颧骨，眼睛是两个窟窿，抓住我的手说话，仿佛被埋了半截，无望地呻吟。

父亲回来了，陶壮变了，有了我经常在应酬饭局上见到的成功男人的气派。他少年时的一个玩伴的姐夫是卫生局里的人，并没有实权，但能与附属医院的总务科长说上话，总务科长与骨科年轻的林医生关系很铁，父亲的手术很复杂，林医生还要去求自己的导师——一个著名的骨科专家。陶壮连着一个星期请客，天天应酬到深夜，酩酊而归，终于定下了手术时间。俗话说，酒壮英雄胆。陶壮不是英雄，也生出了气势，回家见到我就说，为了爸，肝脑涂地；或者拍着胸脯说，今天拿下了骨科专家。

我自然更怯，每天赔着小心说话，仿佛得罪了陶壮，就断了父亲的生物链。家里有病人，我不能再睡着不起，陶壮送蕾蕾，我准备早饭，天天用闹钟，累得头昏脑涨。咸鸭蛋的幸福也消失了，有父亲在桌上，陶壮端起了一家之主的架子，我瞅着他的筷子，却盼不来鸭蛋黄，还要顾着人家的饭碗，空了，就赶紧去添饭。陶壮为父亲拉起了生物链，我在这链子的最底层。

父亲的手术，要取下腰部生病的骨头，再割了大腿骨换上。手术的头天晚上，我哭了一夜。开始，陶壮还劝着，后来终于烦了：明天医院里还有一大堆事情，让我睡觉。是高高在上的口气。第二天清晨，准备进手术室，一群医生、护士围着干瘦、虚弱的人，像要拖了上刑场。我忽然有了生离死别的感觉，眼泪又涌上来。陶壮见了，瓮声道：你出来。

我跟着他走出病房，陶壮并没有停下脚步，到了走廊尽头，又下楼。我追着问：你要去哪里？他也不答，走到楼下转了一圈，又上楼。我说：你到底要干什么？他还是不理我，自顾自在医院里兜圈子。我惦记父亲，又被他的冷漠气炸了肺，大庭广众之下不能发作，只好狼狈地跟在他身后。当我们重新回到病房，父亲已经插上了导尿管，眼睛里含着泪。我的泪却干了，结婚十多年，第一次发现陶壮会用最简单、近乎残酷的手段对付我的软弱。

比厨房和银行更可怕的是医院。各种化验单、收费单像雪片，我陷在其中，像迷途的羔羊，不是弄丢了，就是扔在了去检查的科室里。陶壮一次次地吼：你怎么这么笨？我又回到了童年，手里别扭地握着筷子，听母亲吼：你怎么这么笨？我到八岁还不会用筷子，只好用勺，带了米饭、汤水，再伸进菜里，难怪母亲生厌。陶壮越吼，我越糊涂，也像童年，看见母亲就无所适从。我再也做不了女王，露出了丑小鸭的本色。

双子座左右着我的命运，一半是报社里的首席记者，一半是生活上的低能儿。采访、写文章，经常得 A 稿，编辑的版面错误率也最低，深得总编的赏识，经常接下重要的工作。可回到家里，就会对着所有的事情撞来撞去，没有一件做得好，被陶壮吼，也是天经地义。

父亲的手术很成功，护理的事又落到了陶壮身上。我既不方便又笨到了家，只有眼巴巴看着、被陶壮呼来喝去的分。医院里的人以为我是儿媳，两个男人都骄傲，可我只想马上工作，再赚回几张银行卡，都交给陶壮，像还债。

父亲要回加拿大了，临走前，让我回娘家取些东西。我说：你也一起去。他不肯，只递过来一把崭新的钥匙。两年前，他跟母亲回大连，买下了新房，装修好后，要我回去住。我站在客厅里，连客人也不想做。母亲说：你和陶壮先搬来住。我听出了话外音：将来落叶归根，还要回大连。我想都没想就拒绝了，宁可跟婆婆，也不会天天守着妈。她可以左右父亲，但一辈子也别想左右我。

此时，看着父亲，我犹豫了。

他说：文嘉，终归是一家人。

我点点头，想到了五千年传统美德，也想到了陶壮所做的一切，在心里叹了口气，就接过了钥匙。

维特拉驶进幽静的南山区。小街大多是单行路，因为坡陡路窄。七十多年前，这里还是丘陵，日本人修成了住宅区，这里住着占领者的高官。现在，所有的日式建筑都消失了，取而代之的是新别墅，因为临着街，窗户都垂了厚帘，神秘而高贵。南山区是身份的象征，越来越多的人需要这种象征，地产商就继续向丘陵进发，在山中开了路，娘家的公寓就坐落在一片开阔的山坳里。

我乘电梯上了十楼，打开屋门，阴冷的气息扑面而来。地板上、沙发上蒙了厚厚的灰尘，我的心立即罩上了毛玻璃。进了屋，脱下棉衣，又找到吸尘器，就开始打扫。我向来有洁癖，见了灰尘，如果不擦干净，就觉得落在了心上，永远蒙在那里。这屋子，我只来过一次，还是站在客厅里，并不熟。弄清爽了客厅和主卧室，推开北屋的门，就愣住了。床罩和枕套我是小时候最喜欢的一床被子的花色，淡粉的底子开满紫色的花。窗前的写字台陈旧而笨拙，曾经是姐姐的宝贝，也是我的梦。为了上高中的姐姐，妈请南方木匠做了这张写字台，而我却在缝纫机上写字。每次见她将书或本子放进带锁的抽屉里，我就呆呆地看，梦想有一天，那个抽屉属于我。总算盼她进了大学，妈却说，桌子你可以用，抽屉还留给姐姐。我哭着跑出家门，回来后，再也没有碰过那张写字台。童年的回忆虽苦，可我还爱着那个抽屉，打开来，里面是几本书，有《三言二拍》，父亲买的，我曾看得如痴如醉。拿起一本翻开，夹着书签，是我的照片：十三岁，扎着羊角辫，尖尖的瓜子脸，眼神安静、忧郁，站在大海边。

魏英雄回到了我的心里。近两个月了，我第一次想起他。元旦时，正在医院里看陶壮为父亲受累，接到他发来的问候短信，想也没想，就删掉了，身上背了沉重的债，无法乘天使的翅膀起飞。

又是灰色、忧郁的黄昏，外面飘起了细碎的雪花。十三岁时，我经常站在屋檐下，看雪花像天鹅，自由飞翔。那是我的灵魂——雪花做成的天鹅，终要落地，消失在树梢、房顶和厚厚的枯叶里。

我爱上了这间屋子，迟来的母爱，让心里的一小块空地有了一个家。我去买了心形相框，镶进十三岁时的照片，常回娘家做童年的梦。这些事我并没有告诉陶壮。

父亲走了，日子又重新在牛奶中流淌。星期一没有我的版面，于微微照例没有出现在报社里，我拨了她的手机，约她下午到报社附近的咖啡馆见面。父亲住院期间，她承担了大部分工作，采访、编版，应付了一个多月，中间还抽出时间，到医院看望了父亲几次。我想对她说些感谢的话，也惦记着陈飞为她涂了多少锈。于微微有过五个情人，陈飞是第六个，她远比安娜坚强，至今还站在铁轨外。于微微曾经对我发过感慨：千万不能拿情人当真，大家彼此心里清楚，玩心跳而已。渥伦斯基在今天别想拐走任何女人，只会落入被玩弄的命运——男人也有当花瓶的下场，安娜可以安息了。

我却爱上了天真、纯洁的列文，不但因为他傻得像患了痴呆症，将婚前日记交给了吉娣，像接受审判的死囚，等着心上人在最后一刻割断脖子上的绞索，还因为他不断在上帝之外寻找信仰，竭力要弄清楚活着的意义。我也想知道活着的终极意义——并不是工作、陶壮、父亲的病，心里的一小块空地和魏英雄似乎也不是，于是，跟着托尔斯泰的笔，走列文的路。带上《安娜·卡列尼娜》来到咖啡馆，找了一个僻静的角落，要了杯牛奶，一边看书，一边等于微微。

上大学的时候，我就读过《安娜·卡列尼娜》，除了工作上从不出错，我还有另一种天分：对文学名著过目不忘。我可以永远在出门前找不到手机、钥匙之类的东西，但永远记得列文在书中的哪一页向吉娣求婚被拒绝。托尔斯泰有无比的耐心和细心，将安娜的爱情和列文的哲学编织在一起，又让它们自成体系。不想再读安娜的钻石与锈，就从书中找出列文的线索，一段段跳读。

一股敌敌畏的味道扑面而来，抬起头，是于微微。她一面脱下白色的羽绒服，一面喘着气说：对不起，来晚了。

我说：换香水了？我喜欢"嫉妒"的味道，她的新香水让我想起了小时候家里的害虫。

于微微坐下来，眯着眼睛说：是兰蔻的"奇迹"。

我冷笑：这是哪个法国农民配出的味道？一定受过伤，把女人当害虫。

陈飞喜欢，这是圣诞节时他送给我的礼物。于微微眼波荡漾，得意地说。

我又被噎住了，只好喊来服务生，为她要了卡布奇诺。

咖啡端来了，她专注地用小勺搅着上面的白色泡沫和肉桂末，然后端起杯子喝一口，大概有些烫，轻轻缩了一下脖子，又皱了皱眉，显出楚楚可怜的模样，是喝咖啡的小孤女。

我说：别急，慢慢喝。很多天没见，心里存了念想，忽然坐在一起，就觉得又亲了许多。

她将左手放在胸口，努力咽下滚烫的咖啡，对我嫣然笑道：告诉你一个秘密。

我故意虎起脸：快说，别卖关子。

她用纸巾沾了沾嘴角，脸上浮出一丝笑：圣诞节，陈飞带我去跟他大哥吃饭，你猜，我见到了谁？这笑容很奇怪，她仿佛有些难为情，又竭力忍着，目光也飘浮不定，要躲着我的样子。

我生出一丝怪异的感觉：于微微的笑，是因为多日不见，心里的念想在作怪。

又是我们之间的默契——别扭的默契，我想把它捋直了，就说：谢小虎。于微微去医院看父亲的时候，我送她出门，顺口问陈飞靠什么谋生，她说，跟拜把子大哥买地卖地，最赚钱的生意。我听了，却像黑社会，有莫名的恐惧。

于微微听见"谢小虎"三个字，一口咖啡险些喷出来，别扭的默契就捋直了。她笑得抖作一团：要是他，早吓死了。

我也笑，随口道：那就是遇见了英雄。是顺着自己的感觉：只有英雄不怕黑道。可"英雄"两字一出口，藏在心里的翅膀就抖起来，连忙去端牛奶，想掩饰。

于微微睁大了淹没在黑色眼线和睫毛膏里的眼睛，我第一次发现她长着猫一样的黄眼珠：你怎么知道是魏英雄？

我也愣住了，杯子停在嘴边：什么魏英雄，瞎说的，除了你，只有英雄不怕陈飞那些人。

于微微的黄眼珠又淹没在黑色眼线和睫毛膏里：真是魏英雄。

他来得很晚，进门就说：喜子，有什么事，非急着见我。边说边来到留给他的座位前，并没有坐。

陈飞的大哥说：没事，只想跟你喝杯酒。

魏英雄抬起脚，踩住凳子：喝酒可以，不过有个条件。说着，从腋下掏出手枪拍在眼前：你们也把家伙亮出来，喝不倒，可以砍倒，放心，楼下没有我的弟兄。

喜子立即站起身：大哥，我错了，你别计较。

魏英雄收了枪，端起眼前的酒杯：你我多年打交道，别再玩鸿门宴。说完，喝了酒，扬长而去。

听了于微微的话，我心乱如麻，为了魏英雄，也为她：你必须跟陈飞分手。

于微微眯着眼睛看我：为什么？

我急了：你是个记者，怎么能跟这种人搅在一起，会害了你。

于微微又瞪起了黄眼珠：我早已被同性恋者害惨了，不怕再被害一次。

她像咬着钢说话，我有些恼，端起杯子喝牛奶。

于微微一边喝咖啡，一边偷偷瞅我的脸色，想找别的话题：牛奶喝多了，会胖。

她软下来，我更气，索性扭过头看窗外。

于微微先是摆弄手机，又无聊地啃手指甲。她以前经常做这个动作，遇上我，慢慢改掉了。我一见她把手搁进嘴里，就觉得是要啃指尖上的嫩肉，在办公室里会朝她皱眉头，单独相处的时候，就去拨她的手。

我忍着，不去管她，知道是她的小把戏，每次得罪了我，就啃手指甲，指望我去拨她的手，借机冰释前嫌。

她啃了半天，不见我有动静，彻底软下来，放下手道：陈飞对我很好，去过圣诞节，他说我的靴子颜色和衣服不搭配，让我等在车里，不到半个钟头，买回了一双，我换上去，居然很合适，可我从没有说过穿多大码鞋子。

这是于微微经历中的另一个传奇，我又被感动了。最容易生锈的爱情，却在继续发出钻石的光芒。我转回头，叹了口气。

于微微见我的表情放松，高兴了，从包里掏出一盒玫瑰牌香烟：陈飞喜欢，我也觉得很 in。说着，将一支烟熟练地叼在嘴里，又送给我一支。

以前，我们只在夜晚的酒吧吸烟，我不想为了陈飞而改变，又不忍拒绝于微微，就接过来，在手指间转来转去。

于微微点燃了香烟，把打火机递给我。它是纯白的，一面印了绿色的印象派火车站，一面写着：都市小站休闲吧。

她见我仔细地看，就说：别上当，商标并不代表品位，那里可以打扑克、随意大声说话，还可以把脚放在座椅上睡觉。

不用说，又是陈飞喜欢的。于微微的爱情罩着钻石的光芒，自己却生出了铁锈。

我看了看窗外，又是黄昏。以往这样的时候，我们还会一起吃晚饭，然后去蓝圈龙，可今天，我失去了兴趣。于微微跟着陈飞，越走越远，我生出了说不清的恼。

奇异的默契，又在我们之间传递，于微微的脸色沉郁了，我却在心里狠狠地说：去找陈飞吧，不必跟我跳舞。

我刚要喊服务生结账，于微微说：别去都市小站。是哀求的口气。

我挂了冷笑：只有你可以去？

她有些急：那里不适合你。

陈飞也不适合你。我又刺了她一句。

于微微哑了，一时下不了台阶，就伸手拿过我眼前的书。看了封面，又笑了：文姐，莫不是要学学安娜？

我怕她再扯上魏英雄，说：最近爱上了列文，正跟他打得火热。

于微微嬉笑着：找个真人试试吧，人生在世，应该冒一次险。

我有陶壮，不需要。

也许他也有情人……话刚出口，于微微自己先愣住了，马上又换了笑脸：胡说，胡说，你千万别往心里去。

服务生走过来，我掏出钱包。于微微明知无望，还是说：一起吃晚饭吧。

我想，是陈飞今天晚上不能陪她，才要缠着我。于是，硬起心肠：陶壮有应酬，我要照顾蕾蕾。

陶壮说，为了父亲的手术，欠下许多人情，除了生物链上的人，还有机场里的同事，大家帮了很多忙，都要答谢。除了自己掏钱请客，还有各种各样的朋友资助，于是，又欠下新的人情，像利滚利，几乎夜夜应酬。父亲住院期间，蕾蕾在奶奶家住惯了，我也觉得累，就由着她多住些日子。

进了家门，油烟机和电视机相伴的喧闹的声音消失了，屋里安静得令人心慌。没有陶壮，我就没有晚饭，没有晚饭的女人，都有残缺的人生。对男

人,残缺的人生意味着事业惨淡;对女人,则意味着婚姻惨淡。我的婚姻还在,却散发出惨淡的味道。我想回到过去的日子——被陶壮像女王般捧着的日子,就要寻找新的砝码,放在失衡的天平上。思索了许久,觉得过去对陶壮关心太少,于是,尽着力气嘘寒问暖。今天,开车回家的路上,想起了婆婆送来的腌萝卜,陶壮早晨喝粥喜欢当咸菜吃,但要在头天晚上切成细丝,再泡出过多的盐分,于是,就决定为他做这件事。

拿起刀,像饭前祈祷的基督教徒,我反复默念:要小心,别切手。又努力定住神,确认看准了落点,才慢慢切起来。在大连,从前过惯了苦日子的老人们,都会在深秋时买回成堆的萝卜,因为是收获季节,价钱最便宜,多买了存着。不腌,春节前就会烂掉。腌好的,则能吃到春暖花开。大缸里灌上盐水,整个萝卜投进去,三两天取出来,晾在太阳下。萝卜并不能晒到干透,所以像滚刀肉,很难拿捏,要切得细,不是一日之功。我提了胆揪着心,忙了半个多小时,才切了硬币大一小堆,不够陶壮半筷头。于是,直起腰,长长舒了口气,又开始了外科手术般的工作。

客厅里的电话忽然响了,我正想着陶壮,心里一抖,刀子就准确地切在了手指上。幸亏做了祈祷,并不重,但也马上流出了血。我扔下刀子,将受伤的指头含在嘴里,跑去客厅接电话,并不是陶壮,对方问:大地春饼店吗?我家的号码跟这家春饼店只差一个数字,经常有人打错。第一次,是陶壮接的:什么春饼店,是狗不理包子店。对方很执着,一定要弄清楚春饼店为什么改做了包子,两个人就吵起来。从此,有了教训,接了这种电话,就会像114查询台一样耐心、热情。放下受伤的指头不管,我将春饼店的号码认真地重复了一遍,对方千恩万谢说了再见,我放下电话却想哭。找到创可贴缠了伤口,坐在沙发上,又觉得矫情,新闻报料人为报社提供了许多妇女的悲惨故事,没有因为刀子切手而哭的。于是,我站起身甩甩头,回到厨房,将切好的萝卜丝接了水泡上,然后,从古驰里翻出《安娜·卡列尼娜》,蜷缩进沙发里,跟着托尔斯泰的笔,看列文的哲学。

眼睛看着书,耳朵却伸到了门口,又伸到了楼下。我想陶壮的时候,就能分辨清哪辆驶进小区的出租车载着他。终于，一声嘭的关车门声，触到了我的心，是陶壮。我扔了书，蹦下沙发，来到窗前，看见他下了车，歪歪扭扭地走过来。我赶紧打开门，跑下楼，陶壮见到我，嘴里像含着石头，喷出呼呼的酒气说：老婆，我回来了。

我费了九牛二虎之力将他搀上楼，搀进门，想扶他到沙发上坐下。陶壮却搂着我的脖子不撒手：我去歌厅了，你生气吗？说着话，艳红的眼神飘忽迷离，仿佛还泡在迷醉的歌里。

乱性的酒，让陶壮又生出了另一种气势：爱江山更爱美人。江山虽不大，只罩了两只丑小鸭和生了重病的父亲，但也需要美人的衬托，这是真实的男人，心里永远藏着大大小小的金陵春梦。

陶壮的头软软地搁在我的肩膀上，一张热烘烘的嘴伸到我的脖颈处，胡乱吻起来。是从酒里生出的吻，散发出难闻的气味。我竭力压住想吐的感觉，用手推他的脸，又扭过头躲避。陶壮忽地抬起头：你嫌弃我？就，你为什么嫌弃我？这么多年是谁管你吃喝，是我，是陶壮。

这也是固定的功课，每次醉酒，陶壮都要翻出功劳簿。我不能反驳，比如你做饭，我也包了家里的洗洗涮涮，稍一回嘴，就能招来更多的功劳。沉默也不行，陶壮认为是无言的抗议。要顺着他竖起的丰碑继续砌砖，直到让他能够俯视身高、收入都超过他的首席记者为止。

以前，陶壮去了歌厅会尽力瞒着我，可今晚却理直气壮地说出这件事，也像功成名就、觉得能够指点江山的社会名流，骄傲地俯视他人。医好父亲的病，让陶壮认为丰碑已经砌成，他可以自豪地站在台座上当纪念铜像了。我这样想着，就不愿意像平常一样砌砖，忍着气，用力拉他，想送到沙发上。

陶壮立即感受到我的厌烦。也奇怪，不喝酒，他仿佛从未看透我的心。出门应酬，三两白酒下肚，回到家里，心智就变得如玻璃水晶般的晶莹剔透，砌砖的人有一丝虚伪的成分，都别想逃过他的法眼。此时，他用力推开我，摇摇晃晃地在屋里转：蕾蕾，你在哪儿？就，你不会嫌弃爸爸。陶壮爱蕾蕾，比老母鸡还过分。小时候，喂药、喂奶都是亲自动手，生怕我笨手笨脚伤了孩子。上了学,只要见到一百分,无论大考小考,陶壮立即准备当牛做马,巴巴地跟在女儿身后,亦步亦趋。他一喊蕾蕾,我的心软下来,走过去,扶住他的胳膊。陶壮又甩开我:你滚,我去歌厅了,还找了小姐陪酒唱歌,你能怎么样?我气结,在歌厅里,衣服是纱质透明的,重要部位都只挡了半片,穿着的人略弯腰,连女人都不敢睁眼。我的眼前出现了明晃晃的毕加索油画——涨满了性欲的屁股和乳房。我再也忍不住:你去歌厅还有理吗?陶壮又晃回了客厅,听了我的话,抓起茶几上的烟灰缸摔在了地板上。我的眼泪涌上来,转身回了卧室。

　　清晨,我在该做早餐的时间醒来。用了近两个月的闹钟,那只踱步的鸟住进了梦里,父亲痊愈了,却把后遗症留给了我。陶壮还睡着,他是凌晨时从客厅的沙发上回到卧室的,摔了烟灰缸后,酒就醒了一半,打开电视看到午夜,又起身扫了碎玻璃,才在沙发上躺下。我听着外面的动静,陶壮的动作越来越轻,说明酒也醒得越来越透彻,等到凌晨时回到我身边,已经彻底泄了气,蹑手蹑脚拽了被子躺下,像犯了错的孩子低着头。

　　卧室里充满了陶壮呼出的酒气,比头天晚上更难闻。我捂着鼻子,小心翼翼地下床,逃出去,在厨房里深深地舒了一口气。过去,陶壮醉酒,只要由着他性子砌砖,并不会闹,第二天起床后,还会更加殷勤地照顾我。昨晚错得更多,似乎也有了深深的悔意,如果借这个机会嘘寒问暖,失衡的天平上就多了砝码。这样想着,心情开朗了许多,熬上粥,又拌萝卜丝。

　　正忙着,放在茶几上的手机响起了短信提示音。我纳闷,这么早,谁会给我发短信。放下手里的事情,去拿了手机看,竟是陶壮:醒酒了,不用担心。我的心里一热,他毕竟是爱我的,就想送去一个台阶。于是,推开卧室的门,见陶壮正握着手机,看见我,慌忙想藏起来,却险些掉在地上。见瞒不住,就讪笑着说:给主管发条短信。我像跌进了雾里,呆了半天才想清楚,陶壮的这条短信是想发给别人,却鬼使神差地发到了我的手机上。回到厨房,又呆了半天,我终于明白了,昨晚因为等得急,我给陶壮发了短信,大概还有其他人也发了短信,刚才回短信的时候,就穿了帮。

陶壮走进来，脸上依然挂着讪笑：昨晚，没有去歌厅，是跟主管还有几个同事在烧烤店喝啤酒，都喝多了，分手后，主管不放心，发短信问状况，刚才看见，给他回过去。

这个解释还算合理，可我总觉得哪里不对，从来不会错的感觉，让我的心还像在雾里，空得发慌。童年时，习惯了忍受委屈，遇事想不通，也不会追问，宁愿藏在心里，露在外面的只有惨白的脸色。

陶壮站起身走过来，我听见他在心里轻轻地叹气。陶壮爱我，胜过母亲，因为他不会漠视我的委屈。他搂住我的肩膀：文嘉，别生气。我下意识地躲，又抬起手想拨开他，就露出了缠了创可贴的食指。陶壮抓起来，看了看，说：这段时间应酬得差不多了，以后还会给你做晚饭。

听了这句话，我涌上泪，尽力忍着，顺从地随他坐在饭桌旁。陶壮说，今天别喝牛奶，喝粥。我又顺从地点点头。他敲开鸭蛋，送来了油油的蛋黄，我低头看，一滴没有咽下的泪落进了饭碗里。

当包民打来电话邀请我们去滑雪时，我觉得仿佛提起的是几个世纪前发生的事。在这之前，我正站在报社的窗前，看楼下小街上发生的因为走反道引起的交通事故。近些天，陶壮的应酬少了，又像过去一样按时回家做晚饭。日子似乎又恢复了平静，可我的心总像落在雾里，空得发慌。那条"醒酒了，不用担心"的短信，经常纠缠着我，越扯越长，顺着走下去，并不能看见陶壮的主管，他是男人，而我的感觉总是停留在一个模糊的影子上——女人的影子。下班回到家里，吃过了饭，陶壮看电视，我看书，气氛清冷。上了床，他也不再缠我的头发。照顾父亲期间，这件事的次数开始减少，我并不在意，还有一丝窃喜。从令人生厌的疼里挣扎出爱欲，中间的路太难。可当少到没有的时候，那个模糊的影子就越来越清晰。晚饭还在，又少了固定的功课，我的婚姻依然散发出惨淡的味道。

在报社里，于微微也跟我别扭起来。被叫作"奇迹"的香水，隔开了我和她的心。一闻到那股好似敌敌畏的味道，我就莫名地生厌，难免说话不客气，就像那天下午在咖啡馆。于微微忍了几天，很委屈的样子。我知道，她是觉得在我父亲生病期间为我做了很多，原指望会更亲，却变成相反的结果。她也试图改变这种状况，有一天对我说：文姐，你的眼圈总是发青，是不是有不顺心的事？下午，去喝杯咖啡？我却连想都没想就拒绝了。我不但能把别人的隐私带进坟墓，更有本事将自己的痛苦永远埋在心里。这伤了她的心，于是，她以沉默抗议。谢小虎看出来了，好奇地问我：文姐，你和于微微是咋的了？过去，陶壮和于微微构成了我日常生活的两个支点，现在，一个想起来就发慌，另一个伴着敌敌畏的味道，离我越来越远。即使去读列文的哲学，也无法摆脱这些烦恼。名著和哲学并不能解决普通人的痛苦，倒是窗外楼下的车祸能让我暂时逃避。

  报社西面隔着小街的位置，正准备建新的住宅小区。近几天，全面开工，挖出了巨大的地基，又围上两层楼高的挡板，写满了骄傲的广告语。小山一样的太脱拉货车，不准上繁华的中山路，只能从工地大门急拐而出，走小街，穿过黄河路，才能去目的地。因为小街是单行路，太脱拉的司机又跟太脱拉一样粗犷，出了工地，没有耐心瞭望，直接踩油门加速，结果撞上了一辆走反道的面包车。我正无聊地翻着报纸，先听见刺耳的刹车声，接着又是一声巨响，来到窗前，就看见面包车头已面目全非，司机卡在里面，脸上流着血，正试图打开车门。不同的人像蚂蚁一样聚拢过去——大概他们也像我，金属的碰撞声和鲜血，让他们忘记了自己的烦恼，生活里出现了另一种意义。我看着有人打手机，还有人试图救出面包车里的司机。当这些场景变得乏味的时候，更刺激的又出现了。交警来了，120急救车来了，车门上写着汽车救援和保险公司等字样的车子也赶来了，乱哄哄，塞满了小街，也塞满了我空虚的心。包民的电话就是在这个时候打来的：文主任，你好，很久没有联系了。

  我听着手机里热情的声音，却想不起是谁，心不在焉地问：你是哪位？

  包民，西城分局的包民。他更加热情地说。

  兔子般灵活的目光跳过一个个手机中转站，蹦到了我眼前，我的心陡然一热，生活里终于出现了新的意义——魏英雄。

  我没有拒绝包民的邀请，尽管他说魏局长最近在几个案子上忙碌，没有时间去滑雪，只是嘱咐他一定通知报社的同志，我还是决定要去，第一个想到的是于微微。在报社许多年，我从未与同事生出矛盾，却偏偏跟最亲密的于微微开始了冷战，我想借滑雪找个适当的台阶，还想，西城分局的刑警队员也会去，遇上单身的，或许能将沉溺在敌敌畏里的于微微解救出来。一想起陈飞，我就想起一本书——《菊与刀》，眼前是黄的花、红的血。

为了自己也要去。在元旦删掉魏英雄的短信时，我就埋葬了心里的翅膀，像自虐，生出了更多的伤感。按照魏英雄的意思去滑雪，是一种情调，像某位作家写过的：对着光影里远去的人，微笑着挥一挥手。

我给谢小虎打电话，告诉他，通知于微微明天早晨到西城分局跟刑警队员们一起去滑雪场。这样做，是不想主动给她台阶，也有让她在刑警队员们面前秀秀身材的意思。谢小虎这些日子成了我们之间的传声筒，很快回电话说：于微微已经接到了魏英雄的电话，嘱咐她一定要去滑雪。我听了，心不断地下坠，触到了深埋的翅膀。原以为没有过程、没有结局的爱情只会有钻石闪亮，可却忘了生活是个锈场，钻石也要与锈迹相伴。

第二天清晨，我来到了滑雪场，在门口等了一会儿，才见一辆写着"刑警"两个字的大客车驶过来。车门打开，先是包民，接着是于微微，崭新的艳粉色羽绒服，搭配了浅灰色的帽子和围巾，浑身一股运动休闲风，显得更加年轻、活泼。从车上下来，她身后连了一长串穿着深蓝色作训服的刑警队员，衬得她更像个公主。她看见我，却没有走过来，对着谢小虎嚷：我们去门口拍张照片。说完，又牵了一长串的刑警队员，走到谢小虎选定的位置，三人一组，五人一帮，拍起了照片。

魏英雄的朋友、滑雪场的总经理等在门口，见到包民，赶紧迎上来，寒暄一番，引着我们走进了大厅。

办好了入场手续，要进滑雪场了，我拉住包民：今天，我也带了任务，要采访你。

包民愕然：文主任，你不想滑雪？

我说：平日里没有时间，想借这个机会跟你聊聊，找个好角度，从正面宣传一下西城分局。

其实，我从小就不喜欢运动，尤其对器械类的更是恐惧异常。这很容易理解，办公桌都能让我的大腿上布满青紫，何况这些需要技巧才能操纵的家伙，我可不想穿了滑雪板出洋相，于是就想出这个主意，既能逃过滑雪，又能为西城分局做点儿事，算作答谢。

包民有些感动：结识了文主任，真是幸运。

我笑着说：以后不用客气，叫我文姐吧。

包民更高兴了：文姐，我去跟刑警们交代几句，马上回来。

我一边等着包民，一边寻找于微微的身影。见她已经走进了入口，到了转弯处。又是我们之间的默契，于微微回过头，正和我的目光相遇。她身后的墙上，画了一个大大的用来指路的红箭头，视觉里，像魔鬼的武器即将挑起公主。我忽然觉得她会永远离我而去，一阵酸楚涌上心头，绷着的情绪顿时土崩瓦解。我朝她笑了笑，于微微也笑了，仿佛卸下了沉重的包袱，她的背影变得更加欢快，消失在转弯处。

包民带我来到餐饮区，不是周末，滑雪的人就少，离午饭的时间也早，彩色的塑料桌椅大多空着。我们找了靠窗的位置坐下，包民将饮料单递给我：文姐，你喝什么？我看了看，上面只有咖啡是热饮，守着落地窗外大片的雪地，没有勇气要盒装的冷牛奶，只好说：咖啡吧。

装在纸杯里的雀巢咖啡放在了我的眼前，太阳很暖，照着从咖啡里升起来的袅袅热气。我捂着杯子暖手，看外面的人工滑雪道上于微微像只蝴蝶在一片深蓝中飞来飞去。我想起了魏英雄，有些委屈。在开车来的路上，我还期待他会出现，有一个小小的惊喜，也像我，对滑雪没有丝毫兴趣，却还是来了。无论为告别，还是为心里无法舍弃的思念，魏英雄都是中心，我为他而来，可他并没有为我而来，生菜鱼翅卷、警用棉衣也可以发生在于微微身上，并不算出格，而我却用了两个多月将如此简单的事情插上了无数天使的翅膀。我忽然理解了罗兰·巴特的《恋人絮语：一个解构主义的文本》：热恋中的自我是一部热情的机器，拼命制造符号，然后供自己消费。

我的心又开始下坠，回到了生活的锈场。这段爱情连张爱玲式的悲凉都没有，倒像南柯一梦，入梦，又醒来，只有我自己。今天不过是个了断，跟自己的了断。文章还要写，像不服输，也像临终的天鹅，最后一次展开美丽的翅膀。

当我合上采访本，纸杯里的咖啡也见了底。包民喝光了一瓶矿泉水，又要来一瓶，说：文姐，你挖净了我的素材。我笑了笑：过两天，会把稿子传真给你。

我和包民坐在右侧的玻璃窗前，隔了几排餐桌的左侧玻璃窗外是停车场。一阵汽车报警器的响声传来，我听出是维特拉。它像个娇气的女孩，稍不如意就会喊起来，仿佛在寻找我。有时，飞机从空中掠过，它也会嫌人家飞得低了而大声抗议。我早已习惯了这种风格，可每当听到它的呼唤，还是忍不住循着声音望过去。

一辆吉普车停在了维特拉身边，大概离得近了，惹得它不高兴。我刚想收回目光，却见吉普车开了门，下来一个穿着警用棉衣的人，我的心腾地飞起来，以为是魏英雄，却又不像，因为没有戴警帽，棉衣也是胡乱地敞开着。他下了车，又转回身在车座上寻找什么，我始终看不清他的脸。包民顺着我的目光望出去，立即说：是魏局长，他怎么来了？说完，扔下矿泉水，跑了出去。

窗外的魏英雄和包民一边说话，一边朝滑雪场大厅走来。我几乎认不出他，海星岛上英俊、整洁的公安局长消失了，换了一个遇到紧急集合刚从被窝里爬出来的新兵，邋遢而狼狈。我苦笑，魏英雄是一个符号，只存在于热恋的幻想中。

罗兰·巴特精辟的语言给了我冷静，尽管喝了咖啡，却没有让我的心因为魏英雄的出现而狂跳不止。我甚至没有回头，当包民和他的说话声到了耳边，我才装作吃惊的样子站起身，又大方地伸出手：魏局长，你好。

他却像害羞的大男孩一样笑了，躲过我的手，绕到了餐桌的对面说：怎么没有去滑雪？

包民接过话头：文姐采访了我，要为分局写篇报道。

魏英雄听了显得很高兴，睁大了细长的眼睛说：是吗？太感谢了。

我说：不客气。

包民又问：局长，你要不要去滑雪？

魏英雄摇了摇头：你带文主任去，我坐一会儿。

包民转过头对我说：魏局长刚熬了通宵，太累了。

我终于看清，魏英雄的狼狈和邋遢来自没有刮的胡子、灰黑的脸色和深蓝色的制服裤子上被随意抹掉的烟灰的痕迹。心酸，脸上却在笑。同样的感觉，不同的是，为自己心酸，爱情就是一把锯；为另一个人心酸，爱情则如钻石闪亮。可罗兰·巴特的声音又在提醒我，不要制造新的符号。

不去滑雪，也不想制造符号，我说：魏局长，跟你谈谈报道的事情。

魏英雄又露出了少年时的笑容，连声说：好，好，你坐。

包民道：局长，我去找壶茶水。说完，就离开了。

我们相对而坐。寂静中，有什么东西回到了心中，我又无法看他的眼睛，只能垂着目光，抚弄眼前的纸杯。

魏英雄低下头，掏出烟，点了一支，吸起来，也垂着目光，用力吸了几口，却忘了磕烟灰。烟灰落下去，他慌着躲，还是落在了裤子上，又尴尬地去掸。

我轻轻叹口气，将目光转向窗外，眼睛看着外面的雪地和滑雪的人们，心却瞅着魏英雄。见他掸净了烟灰，又找到藏在餐牌后面的烟灰缸，拿到眼前，才安下心吸烟。

他眯着眼，躲着浓密的烟雾，看我的侧影。

我们真的没有见过面？声音像缭绕的烟缥缈、暧昧。

我知道他是指雪国饭店之前，但还是不想让他想起十三岁时的故事，就转回头笑着说：已经见过两次，你忘了？

魏英雄也笑了，连声说：没有，没有，你在海星岛冻得像卖女孩的小火柴，怎么会忘。

我马上本能地纠正：是卖火柴的小女孩。可话音未落，就看见魏英雄的脸上露出了狡黠的笑容。他是故意说反话,我又羞又忍不住笑:哪像英雄,分明是捣蛋鬼,戏弄人。

这时,包民回来了,听了我的话,说:魏局长是绝对的硬汉,得过全国公安系统散打亚军。

魏英雄朝他瞪起眼睛:胡说啥呢?埋怨的话,却是骄傲的口气。

包民嬉笑着,放下茶壶和两个茶杯,说:局长,你们慢慢聊,我去滑雪。

魏英雄随着他的背影转过头,我又看见了额角的伤疤,也学了他说反话:你也打架斗殴?

他愣了,不自然地抬起手,仿佛要去遮了伤疤,半路犹豫了,又放下,眼睛里布满深浓的忧伤,落魄而凄凉。可他很快调整了情绪,将天使般的笑容挂在了嘴角:我给你讲个故事吧。

我忍不住笑,就像与他坐在夏日傍晚的老槐树下,我十三岁,正顾自伤感,他说:我给你讲个故事吧。

前些年,我带几个弟兄去鞍山追逃犯,开着一辆打不着火的金杯面包车。每次出发前,都要几个人先推着它跑上一段,它才能懒洋洋地上路。

魏英雄的开场白,让我笑得伏在了桌子上,脸贴着冰凉的桌面,还是忍不住。

他似乎嫌我笑得还不够,继续发挥:这是真的,直到现在,一看见下坡路,我就高兴。

我想听下去,只好努力忍住笑,从桌子上抬起头,用手捂住嘴,我终于能够看着他了。

被追的家伙,在大连的五星级酒店作案二十多起,偷了无数金银财宝,不抓住他,这些案子全都要悬着。年轻的时候气盛,天天跟其他分局比破案率,哪里能放过这么多案子?我们在他家楼下的僻静处等了九天八夜,把附近小卖店里的方便面、火腿肠都吃空了。正绝望的时候,这家伙回来了,是乘出租车回来的。我们正在金杯车上打扑克,看见他,我马上下车,悄悄靠过去。他很警觉,坐在车里观望,见到我,紧张起来。我看他的眼神又要逃,他看我的眼神就明白了怎么回事,大声对出租车司机喊:快开车,要杀人了。我抓住后视镜,也大声对司机喊:别开车,我是警察。里面的那位则说:他不是警察,是黑社会,快跑。这缺德司机居然相信他,狠踩下油门,将我甩在路边。回头看,几个弟兄正推着金杯车打火呢,我只好掏出枪,对着出租车轮胎打空了弹匣。哪知道64式像玩具,竟然打不烂汽车轱辘,人家毫发无损,跑得无影无踪,连破金杯也扔下我,跟着追了出去,我坐在地上气吐了血。

我已经笑岔了气,可魏英雄还绷着脸,继续说下去:更可气的是,我垂头丧气地在马路上晃荡,那辆出租车又开回来,罪犯不见了,换了两个穿制服的鞍山警察,下车就把我按倒了。我举出工作证、手枪,才脱身。我这辈子第一次打好人——比坏人还可恨的好人,一路上,逮到空隙就揍那个司机,两个鞍山警察左挡右拦,也累吐了血。

我把尽力控制大笑的动作都表演了一番:趴在桌子上,捂住嘴,再捂肚子,用纸巾沾下眼角的泪。忘了平日里的矜持,也忘了说话的人是天使的翅膀和罗兰·巴特的符号。

魏英雄坐在阳光里看我的表演,手里拿着打火机转来转去,似乎很轻松,也很享受。等到我终于停下来,他才说:笑一笑多好,你太忧郁了,像卖火柴的小女孩。

这次他没说反话,却深深地撞进了我的心里,我确实很久没有这么笑过了,其实,也从未这样开心地笑过,笑得改变了自己。

他的故事和看着我的眼睛,让我想做点儿什么,于是端起茶壶,给他的杯子添了水。他只喝过一小口,需要添的并不多。

魏英雄伸出手想端起茶杯,可我又觉得茶水有些凉,想端过来,倒进我面前空着的纸杯,再重新添满热水。我是左撇子,他用右手,于是,他握住了我的手背,我本能地想逃,却被他更紧地握住。我又试着逃,还是逃不脱,只好任他握着,许久。

忽然,他松开了,我一惊,像从梦中醒来。收回了手,才觉得一团黑影遮住了阳光,是于微微趴在外面的落地窗上,正眯着眼睛朝屋里看。外面亮,里面暗，她又近视，正努力分辨魏英雄。终于看清楚，立即夸张地挥手，像青春偶像剧里娇嗲的女孩。

于微微穿着滑雪板走进来，一步、一步，像个木偶。我站起身，魏英雄也站起身，都想去扶她。于微微却把手伸向了魏英雄，我的心又开始下坠：男人终归是男人，怎能不被艳粉色的公主打动？我黯然，他们却不觉。魏英雄抓住于微微的胳膊说：小心，别跌倒。于微微则娇嗲地嚷：魏哥，你怎么来了，不是说有事情吗？

刚忙完，过来看看你们。魏英雄倒是波澜不惊。等于微微落了座，他又说：我去总经理办公室，来了半天，还没跟他打招呼。说完，朝我转过脸，眨了眨眼睛：有机会再给你提供素材。

看着魏英雄离去的背影，我的心又蒙了锈色：他给于微微打电话，去扶她，还说"小心，别跌倒"。这些事情，也许早已让于微微插上天使的翅膀，制造出了罗兰·巴特的符号。我在心里长长叹了口气：男人终归是男人。不禁起了悔意，将被握过的左手背在牛仔裤上磨搓，想蹭掉浅浅的屈辱。

我回过头，正和于微微的目光相遇。她立即躲开了，低下头脱滑雪板，皱着眉，带着气，扯了鞋带发出哧哧的声音。

我抑制着不断下坠的心，调侃于微微：魏哥走了，生气了？

她抬起头，我送上一张笑脸。心里有多勉强，决心就有多大，我的脆弱像天鹅，骄傲也像天鹅。

于微微愣愣地看我，眼睛里渐渐有了泪：你胡说什么，他一辈子也不会爱我。

下坠的心仿佛乘了过山车，瞬间升到了阳光灿烂的坡顶，我言不由衷道：开玩笑呢，怎么扯到爱情上了？

于微微黯然道：他喜欢的是你。

这句话又将我送上了太阳，脸上几乎冒出了火，慌着分辩：刚才只是倒茶，无意间被他抓住了手。

我说完了，心更慌，像不打自招。又接着分辩：邋遢、狼狈，像刚从被窝里爬出的新兵,我凭什么喜欢他。

于微微依然定定地望着我,冒出一句:他是钻石一样的男人。声音闪着冷冷的光,是绝望的光。

我不知于微微的话从何说起,她的泪又触到了我的心,于是,从包里找出湿巾递过去:别哭了,会花了眼妆。

她接了,用湿巾按住下眼线的地方,很用力的样子。

我说:我认识魏英雄两个月,你又下定义,要错多少次,才能接受教训?三十多岁的人,还凭感觉看问题。要是凭我的感觉,他绝不是会在不知道你穿多大码鞋子的情况下给你买靴子的人。

于微微脸上浮出一丝笑容:昨天,陈飞又给了五千块钱,我去买了这套运动装。

仿佛一团乱麻缠住了我,本想让她远离陈飞,却又鬼使神差地将她推了过去。米兰·昆德拉引用的犹太谚语还可以改成:人无论怎么做,上帝都发笑。

我不想陷在乱麻中,站起身说:我们去滑雪。然后绕过桌子,走到于微微身边,蹲下来,帮她系上已经解了一半的鞋带。

于微微高兴了,抓住我的手说:自己来。

我推开她:这世上如果没有男人,我们就能活得安稳些。

于微微说:你真的不喜欢魏英雄?

我停下手:怎么喜欢,带着陶壮和蕾蕾嫁给他?

于微微笑得只剩下黑眼线:说的也是。魏英雄说要给我当大哥,想开了,还真是天长地久的路。

包民和谢小虎累出了满头汗,才帮我套上了如小船板一样的滑雪板。就像面对失恋的痛苦,每当生活将我逼上了绝路,我就会有闭上眼睛奋不顾身跳下去的勇气。我和于微微上了晃晃悠悠的传送带——它能把不会滑雪的人送到高处,然后顺着一小段斜坡溜下去。我闭着眼睛被传送带抛了出去,一阵飕飕的冷风过后,就稀里哗啦地趴在了雪地上。于微微随后滑下来,守着我笑得前仰后合。我坐起来,鼓着气说:没有运动天分,还是回去喝咖啡。

于微微却对传送带发生了浓厚的兴趣,她已经跟着刑警队员们学了半天,能够掌握平衡,传送带式滑雪正适合像她一样的初学者。

我掸掉身上的雪末,走进屋里,迎面站着笑眯眯的魏英雄。我想,他已经看见了我刚才的狼狈相,又想,这是于微微天长地久的大哥,心里的恼写在脸上,也藏在话里:魏局长,让你见笑了。他愣了一下,收起了笑容:文嘉,生气了,为什么?

一句"文嘉",又赔着小心,激起了我深藏在心里的任性。在委屈中成长,能活下来,靠的就是这一点点的任性。我鼓着嘴,把脸转向一边。

他轻轻叹口气,将手伸进衣兜里,犹豫了片刻,拿出一个玻璃纸包,递过来:我想,你可能会忘了戴手套,半路买了一副。

我既没有思索,也不知该做什么,上帝却露出了狡黠的面孔,让它从我的嘴里溜出来:于微微也没有戴手套。

话一出口,我的周围就布满了散打亚军的拳头,仿佛还有脚下的凳子飞起来。这只是我的感觉,可我的感觉从来不会错。

我怕了,眼前一片空白,忽然又变成了宝蓝色,是魏英雄将手套塞过来。我捧着,希望他真的给我一巴掌,却没有,他转身离开了,卷起一阵冷风。

三菱吉普车轰鸣起来,旁边的维特拉并没有喊,像我,吓得发呆。高大的车在阳光下迅速地左转,又倒回去,我甚至听见了挂上前进挡的声音,盛了满车的怒火,绝尘而去。

我不会道歉。母亲培养了我看着所有人脸色过日子的本领,很少因为妨碍了别人而道歉。如果做了错事,都来自深藏在心里的任性。这是丑小鸭的立世资本——有一颗天鹅般骄傲的心。我不像母亲,会随时对着既得利益鞠躬致敬,为了父亲的病、姐姐的钱,就有本事把我的不恭当温情。自从在滑雪场里说出了上帝想说的那句话,我对魏英雄的思念里又多了浅浅的悔意。其实,上帝开了一条私奔的缝隙,我可以借道歉主动打电话给魏英雄,甚至可以约他,像母亲一样波澜不惊地说:请你喝杯咖啡。可我做不到,只会每天戴着那副宝蓝色的手套,接受所有人的注目礼。那是一副随意就能在街边小店买到的手套,颜色虽然漂亮,但跟古驰搭配在一起,像穿着西服戴前进帽,既犯冲又滑稽。于微微第一次见,硬是把它从我的手上脱下来,翻着商标看了半天,想找到最新的时尚痕迹,可只看见了温州志华手套厂的字样,她一边笑,一边开了窗要扔出去,我抢回来,又仔细地装进玻璃纸包里,怕随意间弄丢一只。小时候,我永远只有一只手套,也像于微微的爱情中了魔咒,买了新手套,不过三天,准会丢一只。

我爱这副手套,就像爱着魏英雄,连玻璃纸也舍不得扔,装来装去,破了边角,又用透明胶带仔细地粘好。每次放进古驰里,都会认真地找一个柔软、安全的角落。我依然在出门的时候找不到手机、钥匙之类的东西,但伸手就能摸出宝蓝色的手套。

我再有理性,也不能把执意握了手背、宝蓝色的手套和盛满三菱吉普车的怒火,当作罗兰·巴特的符号。魏英雄爱着我,确定无疑。我的思念更加膨胀,每个深夜,都要与他细长的眼睛和高高的身材搏斗。我甚至渴望陶壮缠我的头发,不会公开要求,只把脸静静地贴在他的后背——其实心里贴的是魏英雄。可陶壮无动于衷,我存着二心,也觉得没有资格勉强,只好在心里深深地叹气,回到自己的世界,开始一个人的战斗——不断地拒绝纠缠着不肯离去的魏英雄。

他却没有了音讯。过去,我从不在意手机上的短信,因为嫌发短信比打电话麻烦,很少用这种方式与人联系。给陶壮发短信,也只是最近的事情,他应酬得太晚,打电话又不接,只好发短信。年节的时候,有同学或者朋友发来问候,我也不回,觉得又是上网,又是转发,说的都是所谓写手编出的话——没有心的话,我不愿意说,用真心的话回过去,又觉得不甘,索性当作没看见。时间久了,收到的都是垃圾短信。魏英雄却出现了,并不说写手的话,是又平又直白的问候,比如在圣诞节,他说"圣诞快乐,一生平安";元旦的时候,则说"新年快乐,一生平安"。这干巴巴的语言,却比伍尔夫的小说还令我难忘。在大学的时候,我迷上了《达洛维夫人》,经常从跨越时间和空间的语言中生出更多的伤感和凄凉,比如:多年之后,伦敦的星期三早晨，将是杂草丛生的荒野，曾经匆匆经过的人们——女王抑或怀着崇敬伫立的子民，都会变成白骨，只有几只婚戒和龋齿的金属填料熠熠生辉。

父亲的病和陶壮的债，让我删掉了比汁水丰盈的小说还令人沉醉的直白短信，我常常后悔。在办公室闲得无聊时，就用笔写下来，看了又看。深夜，压抑着膨胀的欲望；白天，则一次次去看手机，打开小小的"蓝色信封"，只有垃圾，没有魏英雄。

我也想过打电话，顺着那条私奔的缝隙走进去。可于微微早已告诉了我那条路的终点：在能够远眺华盛顿广场的小旅馆差点儿死去。于微微可以活回来，我不能。第一次跟云海上过床后，我哭了整整一个下午。是在男生宿舍里，我觉得已碎成万片，无法收拾进衣服里，也无法离开云海的体温。恋爱两年多，做爱不过三四次，也许正是这件事，让云海变成了一把锯。跟陶壮就好了许多，有长长的夜，将他困在我的身边，我需要足够的温情缝起破烂不堪的心。

在能够远眺华盛顿广场的小旅馆，偷情人呼出的气如白云交错，那是彻骨的寒，我会死在里面，绝走不出。这样想着，就生出了柏拉图式的高尚。尽着力气熬过长夜，白天则不断延长去看手机的间隙，从十分钟，到半个小时，再到一个上午，觉得战胜了自己，不禁欣欣然，是自虐的快感。

跟陶壮在肯德基第一次见面的日子临近了。他说过，第一次见，就决定和我结婚。我也是，为了口吃和一包番茄酱带来的温情。所以，我们把结婚纪念日定在那一天。每年临近这个日子，陶壮就会提前许多天准备送给我的礼物。有时，是一束鲜红的玫瑰；有时，是一支笔。维特拉就是在十周年的时候，他送的最出乎意料的礼物。我总是心安理得地等着陶壮送来惊喜，连日子也是他记得清楚。今年，他似乎忘了，我却在一天天数着，一天天看他的脸色，希望找到过去的痕迹。可他仿佛真的忘了，就像忘了在夜里缠我的头发。在失落中，我想到了去买件礼物，送给他一个惊喜，我要回到过去的日子——像女王，被陶壮宠着的日子。

想来想去，想到了钓鱼竿。陶壮小时候住在黑石礁的海边，每到夏天就会在大海里钓鱼、碰刺锅子（海胆）。我们同居时，他带我到以前经常去的一片海滩，要翻过丘陵，再走一段山路，穿过密密的草丛，就能看到那片生满礁石的海滩。陶壮说，这样的海滩最适合钓鱼，我就陪着他钓了一天鱼，到了傍晚，满载而归。陶壮拎着一大袋黑鱼、黄鱼，我的身上则布满了被黑色蚊子啃出的红包。半夜，发起了高烧，只好去医院，打了几天抗生素，才慢慢消退。以后，陶壮不再带我钓鱼，而是约了朋友一起去海滩。这些年，他钓鱼的次数越来越少，开始热衷于和各种各样的朋友打扑克、喝茶，每到周末，就会聚在茶馆里消磨时间。我想到了钓鱼竿，是因为陶壮有一次跟朋友租了船出海钓鱼，回家后说，那家伙的鱼竿真棒，是日本货。我想送个这样的鱼竿给他，也许他会重新让我当女王，还会重新爱上钓鱼，总比窝在茶馆里抽烟好得多。我为这一箭双雕的创意激动了，连乏味的工作都闪烁出玫瑰色的希望，也忘了不断地看手机。激动地挨到午后，忙完了手头的事情，就迫不及待地离开了报社。

　　日本产的钓鱼竿像狐狸一样狡猾，不知藏在哪里。大大小小跟钓鱼有关的商店布满了城市的各个角落，卖的却都是通俗货色，像姜太公的家什。我开着维特拉跑了七八家，也没有找到日本货。进了第九家，老板娘很热情，先教育了我一番：有工夫钓鱼的人，哪有工夫挣钱；能挣钱的人，谁会跑到海边消磨时间；日本产的钓鱼竿，最便宜的也要六千多块，进了货，卖给谁？听了她的话，我激情顿失，可又不甘心。尽管六千块超过了我的预算，但若是能让陶壮高兴，也让我找回做女王的感觉，还是值得的。我就央求老板娘：我要送礼，送给很重要的人，求你帮忙，告诉我哪里可以买到。于是，热情的老板娘为我指点了迷津。

　　走出第十家渔具店，来到大街上，我举着长长的钓鱼竿，像凯旋的女王。又是黄昏时分，灰色的天空，灰色的马路，连不远处的五四广场商业区也笼罩在忧郁之中——尽管到处挂满灯红酒绿的招牌，也无力撕开周遭的灰色调。一个绿色的招牌吸引了我的目光，是印在于微微打火机上的印象派火车站，旁边写着：都市小站休闲吧。我跑了一下午，又累又渴，想进去坐一坐，或者有合适的晚餐还可以将就一顿。陶壮最近又晚归，并不醉酒，只说加班。我不好追问，他也不解释，像冷战。

我将维特拉开到附近，找了一个透过休闲吧窗户能看见它的车位停下来，后座上放着钓鱼竿，怕被人砸了车玻璃。

推开都市小站的门，仿佛走进了一个废弃的俱乐部：深栗子色的地板，被许多过客磨得露出了斑驳的木质本色。窗户是巴洛克式的，显得天花板更加阴森、神秘——像许多酒吧，裸着黑色管线。我奇怪地想起了杜拉斯，想起了她心爱的小疯子劳儿，就是在这样的舞厅——T滨城的舞厅里，被失恋的痛苦永久劫持。我的心跳得急了，咚咚咚，空得发慌。矮小、稚气的服务生迎过来，是个二十岁左右的男孩，问：你几位？我颤着声音说：一位。他盯着我的脸，流露出同情和关切：你不舒服？我说：只是累了，需要一杯加糖的饮料。他又说：你的脸色太差。我说：没关系，喝了饮料，过一会儿就好。他不再多话，引着我朝舞厅深处走去。我说：想坐靠窗的位子。他顿了顿，说：只有一个空着的卡座，已经预约了。我刚想说那就算了，他又道：你坐吧，客人来了，再想办法。我诚心地露出了一个惨白的笑容：谢谢你。他也笑了，更加殷勤地引着我，沿着靠窗的卡座走进去。

空着的卡座到了，隔着它，里面还有一个，仿佛坐着一对依偎着的热恋情侣，很浪漫，因为靠墙有一盆高高的绿色植物，掩映着浓情。男孩说：你坐，我去拿饮料单。我点点头，并没有坐，想等他离开，看一眼那相爱的情侣。我又想起了劳儿站在舞厅里的绿色植物后面，看未婚夫与加尔各答领事夫人跳舞。

服务生离去，掩映在绿色植物旁的情侣出现了。是陶壮拥着一个娇小的女孩，他的手绕过她的脖子，插在肩上的长发里，缠绕着。那是我想了许多夜的手，想得忘了令人生厌的疼。这一刻的感觉很奇怪，并不恨，只想抢回那只手，搁进嘴里，咬住了，用尽所有曾经膨胀的欲望。我变成了劳儿。

陶壮像只呆鹅，女孩却站起身，偷情的人比我还敏感，很容易认出了情敌。于微微的声音回响在我耳边：千万别去都市小站。原来，她并不是无端地说了这句话,也不是无端地说陶壮也许有情人。

我并没有泪,这也像劳儿。呆呆地看着桌上的薯条和番茄酱,我想起了肯德基餐厅,想起了六千块的钓鱼竿。陶壮醒了,像我一样撞来撞去。他起身,险些推翻了桌子,玻璃杯倒了,又去扶,没有抓住,却抓到了薯条筐里的番茄酱。他狼狈地举着手,甚至忘了用纸巾擦掉,就急着说:王阳,我给你介绍,这是文嘉。然后又转向我,迫不及待地说:你的古驰,就是托王阳从香港带回来的。王阳习惯地端着时刻准备服务的双手,握着,还在抖。我却冷静得像块冰,看清她有一副朝天的鼻孔,瓦解了并不结实的美丽。于是,露出了惨白的笑容:谢谢你。我不是劳儿,是首席记者、社会新闻部的副主任。

拿着饮料单的服务生回来了。我又变成了劳儿,希望他是母亲或者女友,将我强行带离现场,给我机会,大声地哭、绝望地喊:时间还早,夏令时弄错了。可他只是一个矮小、稚气的男孩。我说:有点儿急事,要马上走,给我一听可乐就好。他说:你跟我去吧台,拿了饮料,然后结账。我点头,随他离开了。走过十几米的路,我的前胸积满了冷汗,脸上却在流热的汗,像止不住的眼泪。接了可乐,依然打不开,抖着手用力拽拉环,就出现了预想的结果——锋利的边缘深深地划伤了拇指,我也顾不得,和着血,将整听的可乐灌进嘴里。

冷静的冰在灰色的黄昏里融化,天空落了雨点,还隐隐滚过雷声。我又回到了童年,九岁时,我偷吃了姐姐的面包。她生了重病住进医院,珍贵的面包是妈妈托人从上海买回来的,用漂亮的纸裹着,像现在的麦当劳。我见了,觉得是天上的美味,舔了舔,又小心地撕下一块面包皮,终于忍不住,都吃了下去。妈妈发现了,黑色的脸像包公,抬手一巴掌,我的鼻子立即流出了血。她还要打,我瑟缩着退到墙角,不知从哪里生出了勇气:再打,我去死。"包公"的脸上挂着冷笑:你要怎么死?九岁的孩子没有关于死亡的概念,是上帝让它从我的嘴里溜出来:被雨淋死,被雷劈死。话音刚落,就有雨点敲打窗户,天空隐隐滚过雷声。记得,那也是在这样的时节。童年时赴死的决心又出现了,我摇晃着穿过车流,扑向维特拉,发动了车子,像拉响了自杀警报,抬起右脚,油门就到了底,维特拉尖叫着冲上马路。所有的信号灯都变成了包公的黑脸，限速拍照提示牌则像陶壮，怯怯地企图阻拦维特拉。我竭力甩开它们，飞一般回到了娘家的山坳里。在路灯下，打开车门，吐出了整听的可乐……

那夜，我睡得很沉。在一片月光里，我被劫持了，被既不是母亲又不是女友的矮小、稚气的男孩劫持了。可我不是劳儿，又宁愿是劳儿，天生有精神疾患，可以在目睹未婚夫出轨后，忘了所有的一切。我不断地对着男孩喊：时间还早，夏令时弄错了。劳儿不想离开事件发生的现场，我也是，想永远留在那里，看陶壮缠绕长发的手。可是，那男孩却劫持了我，用他的善良和我的理性。我不要理性，要做劳儿，宁愿做精神分裂的劳儿。我恨首席记者的理性，天亮时，不能像劳儿，忘了绿色植物旁边的情侣。矮小、稚气的男孩，在月夜里清晰地走着，我跟着他，不断地喊：时间还早，夏令时弄错了。觉得是梦，却分明醒着，是落入了另一个世界。

清晨，我在该做早饭的时间醒来，杜拉斯站在床前，矮小、丑陋。她把自己变成劳儿的新情人，引她走出那段伤痛，安睡在黑麦田里。她无法变成我的情人，理性和精神分裂，我宁愿选择后者，可是，我确定无疑地拥有前者。我甚至能清晰地回忆起《劳儿的劫持》，在新的一天里，她变成了睡美人——精神睡了，生活还在继续。我甚至还清晰地确定了自己的对策，让精神沉睡，让生活继续。我爱上了杜拉斯——一个矮小、丑陋的女人，因为亲眼看见了绿色植物旁的情侣。

精神安睡了。劳儿是因为先天性精神分裂的疾患，我却是因为坚强的理性。为了忘记绿色植物旁的一幕，我的眼睛"失聪"了——不是失明，因为还看得见，只是不再入心、入脑。每当做一件事，我都要努力地确认。比如，要知道时间，我会看表，然后努力地辨认，它确实是一只表，是香奈儿的陶瓷腕表，是受邀去香港参加某国际品牌发布会时买的。指针在9点钟，于是，看窗外，天晴朗，现在是上午9点钟。我变得迟钝，有时甚至分不清天和地，走在报社的小街上，闪念间，红砖与白云就换了位置，我不得不停下，用力地想，让它们重新归位。维特拉不能开，怕把大海当陆地，驾着它飞进去。

手机的电池也丢了，索性不用，陶壮无奈，每天下班时，等在报社的小街上。我又像劳儿，忘了他是谁。劳儿是真的遗忘，我却是用了坚强的理性。我上出租车，陶壮也要坐进来，我对司机说：好天气，不应捎客。司机愕然，陶壮只好下车。

劳儿睡了十年，我却只有十天。在第十天的早晨，于微微伏在我的耳边说：文姐，求你件事情。

我努力地想了想，才问：什么事？

陪我去看魏英雄，他住院了。

像街角里偷情的吻唤醒了劳儿的记忆，她认出了舞会上的女伴和杜拉斯——唯一同情她的人。杜拉斯把自己装进了男人的躯壳，只有男人——另一个深爱她的男人才能拯救被劫持的劳儿。

我彻底醒了，听于微微讲魏英雄的事：陈飞和他的大哥昨天晚上庆祝了，说是没费力气就摆平了魏英雄，其实是他自己摆平了自己，昏倒在刑事案件现场。

我要像劳儿，在灰色的黄昏里，去找救赎者，就对于微微说：好，我们一起去那间黑麦田里的旅馆。

于微微说：不是旅馆，是医院。

我点头，笑容惨白。

于微微打电话，找到包民，约了他一起去看魏英雄。包民爽快地答应了，还问：文姐也一起去吗？

于微微说：当然，我们在附属医院门口见面。

这个过程，像劳儿跟着救赎者走过林荫路、火车站，在灰色的风里，清新的爱情摇曳。

包民见到我，兔子般灵活的目光呆住了：文姐，出什么事了？

我看见于微微用手里的百合花遮了脸，偷偷朝包民使眼色。

我说：没什么。

包民又看看我，咕哝了一句：谁欺负你，就是欺负咱警察，你随时说话。

我点头，笑容惨白。

推开病房的门，魏英雄躺在白色的被单里，不是海星岛上英俊、整洁的公安局长，也不是滑雪场里邂逅、狼狈的新兵，他变成了另外的人，我认不出。他似乎也认不出我，坐起来，愣愣地看了我半秒钟，才说：你们怎么来了？

于微微蹦到他面前：是我知道你病了，告诉了文姐。魏英雄盯着我，收起腿，让出床尾的地方，说：你坐。

于微微坐了，包民将我让到旁边的沙发上。

于微微抱着百合花，守着魏英雄。我像躺在黑麦田里的劳儿，看着旅馆窗户里的一对情侣。

于微微说：魏哥，你好些了吗？

没关系，不是大病。

这是心脏科，还说不是大病？

急性心肌缺血不算病，是劳累过度，躺几天就好。

包民接道：魏局长，你还是请医生认真检查一下。

魏英雄说：专家会诊了，没有问题。

我轻轻地舒了口气。

魏英雄躲过百合花，看我，然后说：于微微，窗台上有个罐头瓶，你去接上水，放进百合花。

于微微应了，站起身，拿了罐头瓶走出去。包民也马上站起来：我去外面吸支烟。

救赎者站在旅馆的窗户前，注视麦田里的劳儿：出了什么事？

我摇摇头：只是没有化妆。

不要瞒我，一百个嫌疑人有一百个逃不过我的预审，何况你？

我无法说出绿色植物旁的情侣。

他深深地叹口气：我发了很多短信，一直不见你回，还打过电话，总是不在服务区。

手机电池丢了。

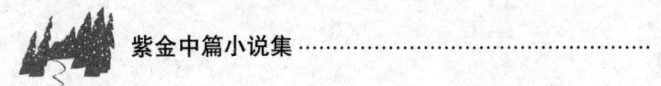

去买一块新的，等我的短信。

救赎者对劳儿说：我们去看T滨城的舞厅。

我哭了。十天里，第一次哭。

走出魏英雄的病房，迎面遇上了一个矮个子女人，四十多岁，棕色皮肤，窄额头，小眼睛，如通常想打扮又对时尚一窍不通的中年妇女，参差不齐的眉毛间露出眉笔画过的痕迹；下嘴唇很厚，涂了珠光口红，仿佛肿得发亮；烫着细碎的卷发，因为用了过多的摩丝，像崭新的喜鹊窝；走路的姿势很奇怪，脚底如安了小弹簧，颠着喜鹊窝，透出别扭的轻浮状。包民见了她，马上迎过去，热情地叫：嫂子，你来了。那女人并不看包民，一边"啊、啊"地应着，一边打量于微微，余光里捎着我，大概觉得我只是个黄脸婆，并不经心，只盯着于微微，一副狠毒的模样。

包民忙解释：这两位是报社的同志，有新闻稿件的事情找局长商量。他并不介绍我是谁、于微微是谁，也没有对我们说，这是魏局长的家属。

那女人无奈，侧着脸走过去，包民巴巴地跟着她走了几步：嫂子，魏局长恢复得很好，你辛苦了。

那女人说：应该的。

包民又说：我还有事，先走了。一边退着往回走，一边还客气地朝女人点头、挥手。

在医院门口跟包民分了手，已是中午时分。于微微说：我们去喝杯咖啡？她知道，这些天我都用咖啡当午饭，为了刺激麻木的神经，对付必须做的版面。

我又像劳儿，从T滨城的舞厅走出来，在中午的阳光里说：我饿了，饿极了。

于微微握住我的手：发现了一家新店，有德国口味的帕尼尼，还有意利咖啡和哈根达斯。

她的手冰凉，不再有平日里的胆怯、懦弱。也许是我的痛苦给了她勇气，她紧紧地握着，像一片流淌的月光。

我们搭出租车，来到凯宾斯基酒店，走进大堂，右侧就是咖啡厅。客人不多，两三个外国人靠窗坐着，喝咖啡，看报纸。

于微微瞅着墙角处的一株绿色植物问：坐那里？

我厌恶地躲开目光，转过身指着背对那里的地方：去那边。

帕尼尼三明治送来了，我抓起就要送进嘴里，于微微慌着拦住：忘了？里面的咸肉。

我停下手，她接过去，用叉子小心地找出咸肉，放进自己的盘子里，再将只剩酸黄瓜、蔬菜和沙拉酱的帕尼尼递回来。

我不吃肉，就像许多人不能接受胡萝卜一样，无论怎样煎炒烹炸，都能尝出其中的腥臊气。于微微却是肉食动物，尤其喜欢帕尼尼里的咸肉，觉得其他的东西无法下咽。但这却都是我的酷爱，一个帕尼尼也装着我们的默契。

很快地吃完，我说：要一份炸薯条。

于微微诧异：不怕胖？话出了口，又自知说漏了嘴，尴尬地喊服务生。

我知她早已猜到发生了什么，就说：亲眼看见绿色植物后面的情侣，是最好的减肥药。

于微微小心地看我的脸色：陶壮每天都给我打电话，问你的情况，还说，他真正爱的只有你。

我冷笑，想起了《故事会》版刊登的出轨故事，几乎每个觉得家庭还有必要维持的男人，都会使用这样的检讨词。陶壮说得还不够，软弱一些的男人下一句会说：我是一时糊涂，犯了错误。财大气粗的则会说：我只是犯了男人都会犯的错误。

薯条端来了，番茄酱盛在碟子里，黏稠、鲜红，仿佛是从心里流出的血。也许当年在肯德基餐厅，陶壮撕开的不过是将来的一包血。生活的真相永远隐藏在伤心欲绝的时刻，痛苦过后才能看清，这是上帝的法则。

我不断地吃薯条，于微微松了口气：其实有情人挺好，就像我和同性恋者，大家互不为难，日子就过得下去。生活本身混浊、复杂，你如何要求婚姻透明、单纯。

　　于微微的六个情人教给了她连莎士比亚也说不出的箴言。我第一次对她的思想发生了兴趣：如果跟陈飞结婚呢？

　　天天想魏英雄，这就像个游戏，只有在游戏中，才会过得轻松。

　　我说：如果嫁了魏英雄，游戏如何进行？

　　死心塌地过日子。

　　不再需要游戏？

　　他是钻石一样的男人。

　　于微微在滑雪场里说过的这句话，一直存在于我的心里，于是问：你怎么知道？

　　陈飞带我参加饭局，他们经常谈起魏英雄。陈飞的大哥恨透了他，前些年从监狱里出来，买通了一个老板，是魏英雄多年的朋友，想利用他报仇雪恨。那人带两个心腹灌醉了魏英雄，要把他送进宾馆的包房。

　　魏英雄说：我打个电话。

　　那人说：什么事？

　　叫你嫂子来，陪我睡一夜。

　　几个人尴尬不已，只好作罢。

　　我的心里泛起酸，嘴上却说：也许是真话。

　　于微微嘴角挂着嘲笑：那种女人，男人会爱到领去宾馆睡一夜？

　　我说：你心目中的钻石男人完全有可能。

　　于微微嚷：不可能。

　　我也希望不可能，还希望救赎者更完美，就说：公安局里不缺漂亮的女警察，你还是没有机会。

　　陈飞的大哥也调查过了，没有女警察的蛛丝马迹。

　　我心里一喜又一惊，陈飞的大哥像暗枪，已剑拔弩张，想到病床上的救赎者，不禁担忧起来：陈飞大哥为什么总跟魏英雄过不去？

　　于微微手里的薯条停在嘴边：陈飞说，他挡了财路，是生意上不得不解决的问题。

我的胸前又冒出了冷汗，拿公安局长当生意上的问题解决，是只有黑社会才有的胆量。

我迫切地伸出手，抓住于微微，比她握得更紧：离开陈飞，我害怕。

她愣住了，渐渐有了泪：没有陈飞，如何面对同性恋者？

不要男人，我们一起过。

上帝再次让它从我的嘴里溜出来，骇住了两个女人。

许久，她含泪答应：给我点儿时间。

服务生送来了冰激凌，一份香草奶油，一份巧克力。于微微端过了她的巧克力，用小勺盛了，先送给我：你尝尝，苦味里有另一种甜。

吃过饭，于微微陪我买了手机电池。乘出租车回到娘家的山坳里，我下车，她又说：给我点儿时间。

我点点头：需要的时候，到这里来。

她也用力地点点头。

已是午后3点半，又接近黄昏时分，令人心碎的暧昧时刻，永远坐在绿色植物后面的情侣。我躲进童年时的小窝，像劳儿等在火车站，跟救赎者去看T滨城的舞厅。

放在床头柜上正在充电的手机响了，是陶壮。

即将到来的救赎者，让我打开了手机。一声"文嘉"，接着就是啜泣声，像被噎住的狮子。

陶壮无法说话，我也说不出话，只有眼泪流淌，像十几年点点滴滴的日子。

手机响起了短信提示音，是魏英雄。我合上电话，陶壮绝望的声音飘出来：我等你回家。

你还好吗？

嗯。

魏英雄大概有些失望,很久没有回音。我也不想开口,用手揉搓着被角,一滴滴掉着眼泪。

给你讲个故事。这几个字出现在手机屏幕上,像魏英雄弯弯的嘴角,让我又想起了那辆打不着火的金杯面包车,差点儿破涕为笑。

我用手背擦掉眼泪:好。

你看到的伤疤,其实跟罪犯无关,是车祸。

魏英雄眼睛里深藏的忧虑浮现在我的手机屏幕上:十二年前,去外县办案,本应过夜,我惦记儿子,深夜开着摩托车跑回家,看见……

魏英雄无法说下去,我也明白发生了什么事,天崩地裂的痛苦炸开了我压抑多日的心。我迫切地想安慰他,于是,激动地写下:吻你。

许久,他回道:谢谢。我看见了深藏的忧虑化成了泪水:开着摩托车返回办案地,天下起雪,我撞进了大卡车的尾部。

杜拉斯永远想不到,劳儿也会变成救赎者。她泡在酒精里,执着地挖掘所谓的人性深井,可世界并不如此,有肝肠寸断的女人,也有忍辱负重的男人。在黄昏里,有绿色植物后面的情侣,也有清新的希望摇曳。

我说:等你的病好了,我们去看T滨城的舞厅。

他问:什么是……

等了半天,再没有音讯。我想,是"崭新的喜鹊窝"回来了。

我们并没有去看T滨城的舞厅。魏英雄一个星期后出院,发来短信说:案子上的事情压成了山,别人无法接手。我明白另外的意思,是说暂时不能见面。自那个下午之后,他每天都会给我发来短信,不再讲故事,也不提"崭新的喜鹊窝"。有时说,去省厅刑警总队鉴定物证;有时说,马上到看守所提审。我知道他每天的行踪。

开始,我也学他,说自己的行踪。两三天后,他问:还有呢?

我懵懂:没有了,就这些。

又过了两三天,他又问:还有呢?

我想了半天，也不明白他要知道什么。

他又说：那天，你来医院，又回家，然后……

我还是懵懂。

他终于忍不住：我撞进了大卡车尾部，你说……

红晕飘逸，连眼睛都不放过，挤进去，如一朵祥云，我只好写下了那两个字：吻你。

那朵祥云染红了另一个狡黠的笑容。

像一条法令，从那刻起颁布实施。他依然每天说他的行踪，我则一定要有后缀，否则，就会问：还有呢？这成了他的权利、我的义务。

清新的爱情在灰色的黄昏里摇曳，我又能化妆，开维特拉上班了，也能接陶壮的电话，说几句不咸不淡的客套话。陶壮有时还会等在小街上，我就问蕾蕾的状况，他说：妈照顾得很好。

我说：你告诉她们，我去外地采访。

陶壮问：要多久？

我深深地叹口气。

陶壮将我逼上了绝路。离婚并不是绝路，虽然苦，却能走下去。我的绝路是无法离婚，又无法像劳儿忘了绿色植物旁的情侣。爱女儿，也舍不得婆婆。自从嫁进门，她从未难为我，带大了蕾蕾，还经常对陶壮说：文嘉人长得俊，又是大记者，你做几顿饭也是应该的。我还舍不得陶壮，点点滴滴的好早已化作骨血，一想到离婚，就是撕心裂肺的疼，比看见他的手缠绕另一个女人的长发还疼。以前，我不懂于微微，过得苦，又不肯离婚，此时才知，离婚更苦，连想一想都苦。

于是，我说：告诉蕾蕾，我会带泰迪熊。

顿了顿，我又说：告诉妈，我买了她喜欢的玉镯。

海星岛的连续报道对象是另一个救赎者，每星期一版，我忙得天昏地暗。周末的午后，我正在采访，陶壮忽然打来电话说，蕾蕾病了，要去儿童医院

打吊瓶。我立即慌了，匆匆结束了采访，就开着维特拉赶回市区，先买了泰迪熊，看看表，已过去了一小时。儿童医院的吊瓶只有二百五十毫升，快则一个半小时，慢也不过两小时，想到病中的女儿看见别人的妈妈会伤心，我心急如焚。维特拉却堵在了半路上，长长的车流像排着队的蜗牛缓缓地爬过街口。前面是一辆崭新的卡宴吉普车，司机是新手，夹在车流中，像过地雷阵。一辆辆出租车钻进它空出的车位，我跟着它，拖过了三个绿灯。当绿灯再次亮起时，我从反道超过去，到了街口，踩下油门加速，旁边的出租车忽然左转弯，只听轰隆一声，马路倾斜了，我的眼睛又"失聪"了，只记得紧紧地抓住方向盘，像抓住一根救命稻草。

一张扭曲的脸如无线电模拟信号，喷着白沫在错位中挣扎，出租车司机的怒火燃烧着我，蚂蚁般聚拢过来看热闹的人，仿佛第一次站在了真理的顶峰，无需组织者，自发地围住筛糠般颤抖的坏分子，开始了如火如荼的群众运动。维特拉的前保险杠和右侧门损失惨重，站在我身边，静静地陪着我。

这时，手机响了，是陶壮，仿佛传染了出租车司机的怒火，加重了他的口吃，连着说了几个"就"后，才道：文嘉，你太过分了，蕾蕾没有错，如果你连女儿都不顾，我们就考虑离婚吧。

他的话像一枚重磅炸弹扔进了我的心里，天与地瞬间翻转了，白云在脚下，马路从头顶压下来。我摇晃着抓住了身旁出租车司机的胳膊，他本想甩开，却被我的脸色吓住了，咽了一口唾沫道：你可别吓傻了，我赔不起。又对看热闹的人们说：算了，妇道人家，认倒霉吧。说完，扶着我到马路边坐下，掏出手机找交警，找保险公司。

处理完烂摊子，出租车司机走过来。我递过自己的名片说：谢谢你。他看了看道：我要去修车厂，你咋办？

我说：再坐一会儿，也去修车厂。

没有人帮忙？

我摇摇头。

他道：我叫替班司机来，给你开车。

维特拉送进了修车厂，好心的司机又帮我打了一辆出租车，回到了山坳里的娘家。坐在写字台前，想陶壮，几次拿起手机，要告诉他我出车祸了，可"离婚"两个字如芒刺卡在喉咙里，我说不出。

看着镜框里十三岁的女孩，也看着压在下面的蓝手套，我想起了魏英雄。异样的委屈涌上了心头：出院已半个多月，依然不提见面的事。我碍着颜面，也害怕小旅馆里彻骨的寒，就压下了思念的委屈，此时，再也压不住，拿起手机，拨通了他的电话。

铃声响起，我的心跳得越来越急，理性在说：也许正开会，或者有案子，这样做太唐突。委屈却不断地鼓励我：不能放下电话。

终于，魏英雄接听了：文嘉，有急事吗？

是的，我出了车祸。

你在哪里，我马上过去。他焦急的声音，让我的喉咙舒展开来，说出了娘家的地址。

我放下手机，愣愣地坐着，像坐在车祸发生现场的马路边。仿佛只过了几分钟，外面就响起了敲门声，是魏英雄，我立即慌了。回头看衣柜上的镜子，一张脸像调色板，不知何时流出的泪，早已花了彩妆，束着马尾的发卡松了，碎发散乱，白色的高领毛衣也沾了修车厂的油灰。

我想洗脸，又怕他在外面站得久了被邻居发现，于是，一边松开长发遮住脸，一边走出去打开了门。

我低着头，看见深蓝色的警服裤子，就转身朝卫生间走去，一边说：你先坐。

洗净了脸，却不敢走出卫生间。

外面传来魏英雄的声音：文嘉，你还好吧？

我不得不走出去。

他从沙发上站起身，迎过来，在一米远的地方停下了。

我垂着目光，看深蓝色的警服裤子。

他弯腰，偏头，想看清我被长发遮住的脸，关切地问：伤着了吗？

我摇摇头,一滴滴眼泪清晰地落在地板上。

对面的人长长叹口气,走过来,我就落入了朝思暮想的怀抱。他高出我一头,脸贴着我的长发,沁凉的警服棉衣拥着我,吸吮着我脸上的泪,他的心在咚咚地跳。我想起了心脏病,想起了崭新的喜鹊窝,也想起了有着朝天鼻孔的美丽的空中小姐,就抬起头。他并不吻我,而是拂开我散着的长发问:没有伤?我笑,闭上眼睛。他才低了头,用唇轻轻碰我的脸……

一阵手机铃声闯进了寂静,他放开我,像放开一只怕飞的鸟,用左手扶我的胳膊,然后看了看握在右手里的手机。不接了,他说。说完又将铃声调到了静音。我看着他,笑了。他也笑,弯腰将手机放在茶几上:这屋子像暖房。

又是黄昏,却没有雾,夕阳泼洒下来,烤着落地玻璃窗,明晃晃的,照着他额上沁出的汗丝。我靠过去,替他拉开棉衣的拉链,却露出了腋下的手枪,一惊,就住了手。他说:不怕,子弹虽然在膛,却有保险,不会伤了你。这话有些暧昧,指向了那件事,我尴尬地笑,他也笑,于是拉了他的手:给你看,到底在哪里见过我。

镜框里的小女孩委屈地看着海,似乎要开口。他回头看我,又看她,转过身,就抱住了我:真的是卖火柴的小女孩。我挣扎着抬头:为什么总提她?

第一次见你,就像看见了安徒生的女孩,永远记得。魏英雄不再犹豫,我忽然变成了他的私有财产,慌乱的手和喘息在我的脖颈和耳边颤抖。他的吻,并不像他的人,清秀、细腻,而是宽厚且粗糙的,吮住我,竟逃不脱。

安徒生给了借口,这不是偷情,是失散后的重逢。他将我抱起来,很轻松。我不习惯,因为陶壮从没有,就开始挣扎。他走到床前,放了我,回身脱衣服,我不敢回头,背对他,从头顶拉下了毛衣。

他并不如我所想,只是静静地躺在我的身边,喘息声却像一声轻叹,含着丝丝缕缕的颤抖。我不知发生了什么,在被子里胆怯地伸手,想安抚他,却碰到了大腿上的一片冰凉。他说:太久了。我收了手,想起了那句话:不会伤了你。

魏英雄很快就离开了。

他先去卫生间，潺潺的水声从我的心里流出去，越来越远。北面的屋子没有夕阳，外面也没有灰色的雾，沉沉的冷，像镜框下宝蓝色的手套。安徒生的女孩还在看海，忧郁的眼睛定格在照片里——早就知道这个结局。

水声消失了，我听他开卫生间的门，果然，走去了客厅。拿着手机，回到我的床边：六个未接电话。

我又笑，他却没有，站起身说：谢谢你。

说谢字的应该是我，唐突地打电话，让他来看车祸的伤，却又添了新伤——都在心尖，刺啦啦地疼。

他甚至没有吻我，穿了衣服，小心地安置了手枪，然后看我，行色从眼睛里流出来，很匆忙的样子。

我说：你走吧。没有说再见，也没有说等你的短信。

他也不说，重重地按了我露在被子外的手，很匆忙地走了。

防盗门的锁千肠百转，我住了这么久，也搞不清如何一次就打开。魏英雄却很容易就旋开了，匆匆的脚步像潺潺的水声，连成了线，牵了我的心，越来越远……

天色渐暗，我裹在被子里，不肯离开，仿佛什么事只做了一半，在等下文。我知道也不会有他的短信，却还是等，又尽着力替他想，也许正在办案子，因为担心，才赶来，回去后，就陷入了忽然扔下的乱摊子，因为忽然离开，更乱了，需要时间收拾。

我的心也成了乱摊子，无法收拾。说服自己的理由很充分，可感觉上总是哪里不对，可恨的感觉，从来不会错的感觉。

我想到这一层，就起身了。客厅、卫生间、我的卧室，没有一点儿蛛丝马迹，就像什么都没发生。我又想起了那句话：不会伤了你。也许只伤了他——如果大腿上的冰凉算作受伤的话。

没有伤了我，就不负有安慰的责任。可是，从前也没有伤我，却总会安慰。男人的心，一样的千肠百转，看起来像防盗锁。

我不再想。

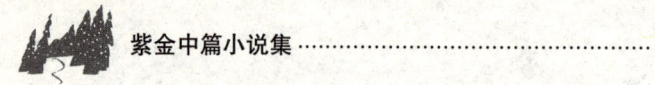

手机响了,我以为是魏英雄,慌着翻遍了古驰,才摸到手里:喂?

回答的却是抽泣声。

是于微微:你住在哪幢楼?

我听见手机里传来呼呼的风声。走到客厅的落地窗前,就看见了于微微的金铜色卷发,被风撕扯开,裹着一张仰起的脸,像张纸荡在风里,她在寻找我。

打开门,还未等我躲开,她就扑进了我的怀里,鸡雏般的乳房贴上来。我想起了魏英雄,没有受伤,不如受伤,有什么东西窝在了心里,撞上了于微微。

我努力推开她,却被缠得更紧,只好勉强在身体之间留出空隙,推着她,坐在了客厅的沙发上。于微微还是不肯放手,将头伏在我的肩上抽泣。我才看清,羽绒服敞开着,V字领薄羊绒衫里的乳房又贴进了我的眼里。我只好更努力地推开她:别染了我的毛衣。于微微的睫毛膏已化成了黑色的眼泪,我终于找到了断然推开她的借口。

五个鲜红的、清晰的指印占了于微微半张脸。她还说,小腹很痛,遭遇了陈飞的皮鞋,尖头的,香港电影里戴墨镜的人穿的皮鞋,弹到墙上,又弹回来。我想起了维特拉,几乎翻过去,又落下,只是一瞬间的事情。

我向来恨透了打女人的男人,片刻间想出一堆复仇计划,包括登出陈飞的劣迹,让剔着牙、喝茶的人们用唾沫淹死他。可是荒唐的计划,只适用于阿Q——想想而已。

魏英雄跳出来,我激动了,也许他有办法。可是,一想起来就是临走时眼睛里的行色,很匆忙的样子,没有海星岛,也没有滑雪场。即使死,我也不愿意在陶壮说离婚的时候告诉他我出车祸了。魏英雄也一样。这一点,我像安娜。

复仇计划就像魏英雄的激情,无声地流产了。

于微微被我推开后,侧躺在沙发上,蜷缩着腿,捂着小腹。

我说:为什么?

我去找陈飞,他还没有回来,他妈在,让我坐着等。

于微微说过,陈飞的妈是个刚愎的女人,每次陈飞带她回去,进了里屋,外面就会响起各种声音,最离谱的一次,居然唱起了样板戏。陈飞说:别管她,做我们的事。我想象不出在约会的每一分钟里听着样板戏做爱的感觉,于微微却说,开始不习惯,后来很刺激,仿佛床边站了另外一个女人。

刚愎的女人看陈飞的时候,总是低眉顺眼。多年的寡母,没有守住大儿子,1983年严打,稀里糊涂就被拉去了刑场,只有十九岁。她只好用所有的痛守着陈飞。斗不过病魔,失去了丈夫;也斗不过严打,又失去了大儿子;可于微微不一样,是许多年来唯一可以斗一斗的对象。所以,就趁着陈飞不在说:我儿子不会娶你。

于微微不客气:我也不会嫁进样板戏,我就是来说分手的。

陈飞回来了,刚愎的女人低眉顺眼拉了儿子进里屋。于是,儿子和母亲的怒火就一起在于微微的脸上、身上开了花。

我想起了婆婆,回家的心动了动。却无法深想,于微微还在沙发上,我束手无策。

去医院吧。我想让她离开,怕她睡我的床,盖同一条被子。

不去,我在这里过一夜。于微微将脸又朝沙发里偎了偎。

我无话了。打开电视,想逃避。

我故意将频道放在《足球之夜》,电视上正襟危坐的男人,端着踌躇满志的腔调,在说女人永远听不懂的话,既深沉又富于激情。可我看黑色的西装,就像防盗门,内里的锁千肠百转。

正襟危坐的男人说够了,就是激情四溢的欧洲足球赛场。就像正看着投入的电视剧插进了广告,萦绕在心里的没有下文的激情,很快被大脑里缺根筋的欧洲人炸了营般的激情淹没了。

欧洲人的大脑缺根筋,要去了才会知道。红磨坊百年不变的舞蹈,展现的不过是女孩子百年不变的娇媚乳房,可门外还是会百年不变地排着队,外籍人少,大多是法国人;第二场很晚,是中国人休息的时间,可排队的都是白发苍苍的法国男女——因为比第一场便宜。挤进场子，还要再挤，一张张桌子只有巴掌大，围着四五个人，不断被间隙中穿梭的人们撞来撞去，像中国乡下孩子手里的拨浪鼓。缺根筋的另一个侧面却是令人感动的，在超市里，后面的人永远离结账的人一米远，并且永远不会介意有人插进这一米间的距离，微笑着等，缺根筋地等下去。

我不再想魏英雄，就想于微微是否忘了陈飞和小腹的痛。似乎忘了，正眯着眼专注地看我：有吃的吗？这时，她已脱下了羽绒服，浅米色细腻的羊绒薄衫裹住缎子般起伏的腰身，卧在深蓝色的布艺沙发里，我看见了自己在魏英雄的怀里。

畸形的下文。

我走进了厨房，在打开方便面的包装时又失了手，碎了的面饼落了一地。调料包还是我的难题，手上粘了褐色的油，有些恼。

于微微在卫生间里洗脸，潺潺的水声回来了，又流进我的心里。

洗过脸的人来到餐桌旁坐下，仰着头，巴巴地望着我，黄色的眼珠像被顽童残害过的猫，等着接受一切爱抚。

我不再恼，认真地盛了面，端给她。落魄而无家可归的猫，抬起两只手接了：你也吃？

我摇摇头：只剩这一包。

那就吃一碗。热情得像要赴约。

我推开她端着碗的手，又递过筷子，顺势摸了摸她金铜色的卷发，于微微就将脸埋进了面里。

我睡在客厅深蓝色的沙发里，南山上的十楼不需要厚的窗帘，只有一层薄纱，隔着外面青色的月光。远处是起起伏伏的楼顶、细碎的灯光，那是人间，我睡在天上。

黎明前，最暗的夜，我还是无法安睡。卧室里传来于微微的呻吟，想到她受伤的小腹，我就光着脚走进去，开灯，见她痛苦地在被子里滚。

我走到跟前：去医院？

她还是摇头。

我叹口气,想走。

她起身拉住我:你看一看。说着,推开了被子。

于微微没有用香水,一股淡淡的腥味散出来。她依然穿着浅米色细腻的羊绒衫,露着半截蜜色的肌肤,下身是纯白的蕾丝内裤。

她诚恳地握了我的手,仿佛为了感谢那碗面。

我只好坐下来。

你按着,就会好一些。

于是,我的手就落在了蜜色、青紫的小腹上。

我侧着身,并不看于微微,看外面青色的月光。

她不再呻吟。

下班的时间,陶壮垂着头,站在维特拉旁,眼前的地上是一片黄色的烟蒂。我怯了,因为蕾蕾。但我相信婆婆,所以硬着心肠,几天也没有问孩子的病。面对这样一个过分的母亲,陶壮有理由甩我一巴掌。

文嘉,我错了。

不知他指的是哪一次。黄昏里,雾色又起,绿色的都市小站,说一万次错,也无法消散。

也许是指怒吼着离婚。维特拉已恢复了原状,委屈还在,从心头升起,落在眼里,是淡淡的红色。

陶壮走过来,想搂我的肩膀,我躲开了。

回家吧,他尴尬地放下手。

我还在等魏英雄,没有下文回家,就要想美丽的空中小姐,仿佛在替陶壮思念,又仿佛战败的将军巴巴地去见占领者。

我摇摇头:再给我点儿时间。

陶壮看出了我心里的缝隙:你住在哪里,我去看看需要什么。

我想哭,又硬起了心肠,也许等我也错过,才能原谅陶壮的错。

文嘉，我知道没有资格再谈爱情，可是，我挂念你。

两张银行卡，依然存入钱，是向情敌扔出无声的炸弹，我不心疼。陶壮的挂念，一定会有感动，也许这也是爱情的内容，掺了水的爱情才能撑起一个家。

不妨再掺些水，我决定等魏英雄的下文。

于微微只住了一夜，就回去了，回到了同性恋者身边。她说，同性恋者从未打过她。

我独自等魏英雄。

白天，看无数次手机，明知小小的蓝色信封图标不会出现，却还是要看。越想的时候，离得越远，远到看不见，这是我心里的感觉，从来不会错的感觉。

夜晚，有时睡在沙发上，有时在卧室里，都有一股淡淡的腥味，像薄纱外青色的月光。我去买了米色的薄羊绒衫做睡衣，无论睡在哪里，都在想海星岛上的魏英雄，高大、整洁，银色的警徽衬着清秀的脸。这需要点儿气力，因为总要绕开在没有雾的黄昏里魏英雄额上沁出的汗丝、上了保险的手枪和宽厚、粗糙的吻。

又是一个星期过去了，生活像个蹩脚的作家，写不出我想要的下文。暗夜里，是陶壮的短信陪伴我。大多是些笑话，诸如，包子和面条打起来，包子赢了，面条黯然离开，找来方便面，再摆战场，包子趾高气扬地说：你乃我手下败将，别以为烫了头就不认识你。陶壮有时也问：吃什么，伤了手没有？于是，在等魏英雄的委屈里，就觉得陶壮的爱情已归来，也许真的可以回家了。

星期六的清晨，难得的好天气。我打开了所有门窗，要放走那股淡淡的腥味。又摘了被套、枕套，想到上面睡过魏英雄，抱着，贴在脸上，欲哭，又觉得没有理由，并不是陶壮有了第三者。看看怀里的被单，又想起还睡过于微微，就卷一卷，塞进了洗衣机。

大连的冬天就是这样，没有风就分不清季节，只有淡淡的冷，从客厅的落地窗户涌进来,贴着我的脸溜过去,像魏英雄大腿上的一片冰凉。我想赌一次,何必这么苦。找出手机,模仿刑警队员的口吻:魏局长,今天是否研究案子?按下发送键,就觉得一定有回音,是心里的感觉,从来不会错的感觉。

竟有些激动了,仿佛响起了敲门声,魏英雄走进来,我穿了米色的薄羊绒衫,蜷缩在深蓝的沙发里。也许他要到夜晚才来,我又睡在天上,外面是青色的月光。

很快,"巨忙"两个字,像美国人发出的远程导弹,精准地落在我的心里,一切灰飞烟灭。

我还是固执地想了想,尽着力替他想。探病后的那段时间,发过"忙",比"巨忙"还少一个字,却是一块糖化在了心里。也许导弹和糖都没有实质的内容,只在于落入什么心境。

我决定回家。

上了楼,站在家门口,发现熟悉的对联蒙了灰,四周已卷了边,很破败的样子,才想到又是一年,春节临近了。

将泰迪熊夹在胳膊里,小心地躲开上面的一个黑色油灰手印,是在修车厂里留下的。腾出的左手接了右手的钓鱼竿,六千块,前端折了,还好,修车厂里没有钓鱼爱好者。

右手举起来,并未落下,门却开了,陶壮和蕾蕾吃惊地看着我。女儿瘦了一圈,绷着小脸,眼里满含委屈,活脱脱另一个卖火柴的小女孩。戴着黑白相间的绒线帽,不知谁送的礼物,我不喜欢,因为蕾蕾像我,要鲜亮的颜色才适合。

蕾蕾看出我的脸色,仰起小脸,又扬起手,拉下了帽子:妈妈买的脏了。我又看见女儿粉色羽绒服的袖子上,蹭了油黑。

陶壮没刮胡子,一副落魄的样子,见了钓鱼竿,马上接过去:我会修好它。说着,用手将弯的前端扶直,可放了手,它又耷拉下去。于是用左手举着,右手继续扶着,回身进了屋,背影像日本兵,我忍不住笑。

蕾蕾也笑，拉着我的手进了屋，伸出穿旅游鞋的脚：妈妈，我会系鞋带了。说着，弯下腰，解开了，迫切地想表演，又忘了，小手扭来扭去，揉着我的心。我抱起她，她抱着泰迪熊，并不嫌弃那个黑色的油灰手印，贴在脸上，又搂我的脖子：妈妈还要出差吗？

我思念魏英雄，怨恨陶壮，蕾蕾呢？会思念，还不会怨恨，对象却只有一个——妈妈。

小小的心，也会像我一样疼。

在浴缸里放了水，又回卧室，摘下被套、枕套，几根头发落下来。我不愿意探究，厌恶地举着床单，推开窗子，抖了出去，再收回来，就像从没有黏过头发，卷一卷，塞进了洗衣机。

我抱了蕾蕾小小的身子，放进浴缸，白皙得像精粉，是我小时候的样子。小时候跟妈妈去公共浴池，那个年代，北方的大连，女人们多靠玉米面果腹，吃得又黄又糙，见了我就说，这孩子的皮肤像精粉。

妈妈的心又黄又糙，天生跟精粉隔阂着。她喜欢姐姐，一双大眼睛，黑皮肤，嘴也大，很符合那个年代的审美——李铁梅或者柯湘，还像妈妈。妈来自农村，是全县的状元，而且考入城里的大学，也自卑着，因为粗黑的皮肤。爸爸说，我像奶奶，一个没落大户人家的小姐，被有钱的爷爷宠了一生，皮肤像，性格也像，安静、忧伤，仿佛总受着委屈。妈没见过她，却奇异地反感着，说，做鬼也没有放过爷爷，因为她死了不足百天，爷爷也随之而去。婆媳争战，在人鬼之间进行，只是苦了我。妈努力地督促姐姐读书，却放任我，想看什么就看什么，即使是"文革"前爸爸买的外国小说。八岁时，我就懂了维特的烦恼，在那个年代的孩子中是不可想象的。忧郁的性格加太多的小说，会让一个没有人生指导的女孩走上绝路，妈不想懂，我更不懂。爸偶尔看见我久久地站在雨天里的屋檐下，会长长地叹口气，并不说什么。妈是家里的主宰，因为出身好，排在户口簿的第一页，爸爸却背着爷爷早已被没收的财产，对内对外，都低声下气了一辈子。诡异的时代，诡异的观念，钱是名副其实的万恶之源，连被没收了也洗不尽黑色的污点。

刚上小学的女儿，稚嫩的心依然像两三岁的时候。蕾蕾抓白色的泡沫，将执拗的黄色橡皮鸭子按进水里，哈哈地笑，洗尽了眼里的委屈，因为有妈妈。我守着浴缸，像列文守着摇篮里的婴儿，忽然看清了人生的意义——普通人生活的意义。蕾蕾延续了我的生命，爱她就是关照过去的自己。想到这一层，我潸然泪下。

蕾蕾不再去奶奶家。我睡在过去的床上，身边换了蕾蕾。陶壮睡北屋，应酬没有了，依然进厨房，然后坐在沙发里看电视剧，似乎很满足。我每天进了家门，就把自己关在卫生间里，洗所有可以洗的东西，连抹布都洗得泛了白。陶壮和我各自尽着自己的本分，像房客。

入夜，女儿睡了。我熄了灯，拉开卧室的窗帘，眼前是灰色的楼群和细碎的灯光。我落入了人间，思念纱帘外的月光，回味睡在天上的感觉。魏英雄依然没有音讯，我也不想再讨来导弹，将自己炸得灰飞烟灭。于微微请了病假，又关了手机，我莫名地思念她。深深地叹口气，就想起了包里的玫瑰牌香烟。自从回了娘家，也破了只在夜晚的酒吧吸烟的规矩。香烟在明暗之间，伴我度过了一个个长夜。是魏英雄和于微微送给我的礼物，每到深夜就想吸烟。

很深的夜，染黑了灰色的楼群和细碎的灯光。月亮太远，客厅里没有它的踪迹，只有香烟暗红色的烟光映着我脸上的泪。陶壮的屋门忽然响了，他走出来，点了昏黄的壁灯，见到我手里的烟，很诧异的样子，盯着看了半天，眼神像草原上狂野的豹子。我听见他粗重的喘息声，像忽然相遇的陌生房客。转眼间，我就被掳进了北屋的床上。窗帘是我选的白色细亚麻布的料子，外面没有灰色的楼群，丝丝缕缕的月光探进来，清冷的暧昧沁透了我的肌肤。魏英雄和于微微交替出现在眼前，心忽然热了，如一股涌动的温泉，流淌在陌生房客的怀里。

陶壮不断地买回咸鸭蛋，又不断地将鸭蛋黄送进我的碗里。他依然睡北屋，我依然在深夜里吸烟。两个陌生的房客经常相遇，他不再生硬地拉我的胳膊，而是像草原上的豹子，将猎物掳进北屋。有一夜，陶壮抱着我滚烫的身子说：我爱上了你吸烟的样子。有一副朝天鼻孔的美丽的空中小姐一定不会吸烟，我想。

我几乎忘了魏英雄。于微微也上班了，看着我淡淡的，我也淡淡的，甚至没有问她请病假的理由。她则背对着我，从早晨坐到黄昏。我们似乎都想忘记什么，只是她更坚决，我有一点儿委屈，是她逃进了我的怀中，至少她该记得那碗面。

魏英雄打破了僵局。傍晚，我正陪着蕾蕾看电视里的《倒霉熊》。两个人一起哈哈地笑，蕾蕾是真心的，我有一点儿伪装，为了女儿。我还陪她看《猫和老鼠》，还有无聊透顶的《黑猫警长》之类，但绝不提安徒生，让海的女儿和丑小鸭永远死在我的童年。手机忽然响了，正在做饭的陶壮转过头，盯着我找出手机，眼神像狂野的豹子，我的心又热了。看了看来电号码，居然是魏英雄。我拖着陶壮的眼神，将手机扔进了包里，是糖还是导弹，都不想接，转身又回到了电视前。

倒霉熊在沙滩上翻滚，怎么跳也撑不上海水，它想游泳，大海却在退潮，撑来撑去，蹭破了身上的救生圈。它并不会游泳，就拼命逃，朝着岸上。大海又涨潮了，怎么逃也逃不出海水。我像倒霉熊，魏英雄像大海。手机又响了，被电视里的声音和嗡嗡的油烟机隔着，怯怯的，引了陶壮的同情：也许是于微微又挨了打。在被当作猎物的夜里，我变成了臣服的子民，讲了于微微，讲了同性恋者，还讲了陈飞。

陶壮终归是善良的男人，我接了电话。

你马上到樱花医院，于微微有生命危险。魏英雄的声音低沉、紧张，像个地下工作者。

那是家妇科医院，我不愿意浮想联翩的事情居然发生了，于是冷笑：对不起，我没有流产经验。

你胡说什么？魏英雄哑着嗓子吼。陈飞要在这里交易冰毒，一群毒品贩子马上赶来，于微微却站在门口。

我霎时明白了，于微微在等陈飞，魏英雄在等毒品贩子。

我抖着手拨于微微的手机，还是关机。我顾不得蕾蕾，朝厨房里的陶壮扔了一句"有急事"，抓起棉衣和车钥匙，就离开了家。

路上，又接到了魏英雄的电话，外地来的毒贩已经进了后盐收费口，于微微还在现场。

我说：你放心。他就收了线。

于微微徘徊在医院门口的灯下，细长的身影在寒风中摇曳，像片浮萍。我走过去，努力压制着颤抖的声音：回去吧。

她诧异地看着我：怎么找到了这里？

我继续说：回去吧。

她凛凛道：不要缠我。

仿佛那个深夜，是我主动走进卧室，又推开了她的被子。

心里的火苗砰地燃成了熊熊的火。我抬手，打在她的脸上：你想死在这里吗？

她捂着脸愣住了，那天被陈飞打的可怜相又露了出来，我的心立即碎了：是魏英雄告诉我，他要见你。我不知自己怎么说出了这种谎话。

天奇冷，我的手在颤抖，因为害怕，还因为打了于微微，几次没有发动起维特拉。当它终于抖起了身子，一辆黑色的宝马 X5 就停在了医院门口。然后是魏英雄的三菱吉普车不知从哪里蹿出来，车门打开，跳出五六个人，周围又冒出一些人，围住宝马。一阵砸碎玻璃的声音过后，电视剧一样的场景就结束了，我甚至没有看见魏英雄。

半个小时后，维特拉停在了僻静处。于微微还在抽泣，我趴在方向盘上也哭了。

于微微怯怯地拉我的胳膊：不介意你打。

我抬起头，见她的眼睛里含着碎冰一样的泪，因为天冷加上哭泣，上唇处还窝着清涕。忍不住伸出手抚摸她的脸，就像那夜，她推开被子，拉我的手。

为什么一个人在那里？

我要见陈飞，这些天一直在找他。

你还想挨打？我停了手。

于微微露出一抹奇异的冷笑：魏英雄不要我，我就死在陈飞手里给他看。

你疯了？我浑身都颤抖起来，憋了半天，才挤出这一句有气无力的话。

他不肯，我就去死。于微微重复道。

我看见了安娜站在铁轨旁。

于微微没有蕾蕾，就没有普通人生活的意义，她要做安娜，谁也拦不住。

那天之后，于微微交给我一份休假报告，顾自消失了。我问她要做什么，她也不答，离开报社，就关了手机。我只好逐级替她遮掩。十五天后，应该是她上班的日子。一早，我刚进办公室，谢小虎就告诉我，社长助理打来电话，让我去见社长。我的心怦怦地跳，这么多年，还是第一次被最高领导召见。我知道，于微微出事了。

当我像撑着巨浪上的舢板走出社长办公室的时候，这个世界上已经再也没有于微微了。我的意识颠簸在狂风肆虐的大海上，只记得西城公安分局的政委说，于微微配合刑警重案组抓捕嫌疑人，在从哈尔滨返回大连的高速公路上遭遇意外。

我不能回办公室，因为这件事还要保密。通知我，是因为于微微在临死前说：文嘉是唯一的亲人，后事交给她。

魏英雄在一瞬间成了我的死敌。我站在大街上，所有的仇恨都集中在手机上，拨了一次、两次，直到十几次，都是秘书台的女声。我想起了包民，又拨了他的手机。包民抖着声音说：文姐，你一定要冷静，我现在去见你。

坐在包民的警车里，我失声痛哭。他也哭，说：魏局长已经被停职，大家都不好过。

我说：别再提他，你们必须给我一个交代，否则，媒体见。

包民说：我理解你的心情，魏局长已经三天三夜没合眼，他也跟你一样心疼。

心疼，这个奇怪的字眼，像针一样扎进了我的心。大连到哈尔滨，哈尔滨再返回大连，十多天，正是冰灯绚烂的时节，我仿佛看见了魏英雄和于微微穿梭其间的身影，抓捕嫌疑人，不过是个借口。

我不想再谈下去，包民也无法开口。坐了很久，我说：带我买束花，去看于微微。

在冰冷的停尸间，我将白色的玫瑰放在她的胸口，吻了她的脸和已经生硬的嘴唇。我想带她回家，在洒满青色月光的夜里，与她相拥。

我把蕾蕾送回了婆婆家，告诉她，要出差几天，又跟报社请了假，我需要时间永远记住或者永远忘了于微微。开始，陶壮还劝我，就像父亲生病期间。终于劝得烦了，索性由着我。一夜夜，我在客厅里吸烟，他却无法找到过去的感觉。妓女跟疯子只有一步之遥，在于吸了一支烟和无数支烟的区别。陶壮的应酬又多起来。深夜，趔趄着进门，惺忪的醉眼里抛出了厌恶，我说：给我点儿时间。于是，我又回了娘家。

每一晚，流冰冷的泪。在昏睡的片刻，我会梦见于微微。她出现在哪里，第二天我就去哪里放一束白色的玫瑰。十多天过去了，她带我来到了凯宾斯基的西饼屋，照例先看陈列柜，又要帕尼尼三明治、意利咖啡，最后是哈根达斯冰激凌。她举了小勺，伸过来巧克力冰激凌……我霎时醒来，泪水横流，想起那天她对我说：你尝尝，苦味里有另一种甜。

我没有带玫瑰。漫天下着雪，大朵的花瓣悠然飘落。茶色玻璃中的西饼屋，是童话里的世界。我要了巧克力冰激凌，吃完了，雪也停了，我站起身，要去上班。

一个小巧的女孩走进来，白色羽绒服，牛仔裤，金铜色的卷曲长发垂到腰际。我又想起了于微微，忍不住看她，却发现了一副朝天鼻孔，是王阳。她变了，不再像系着围裙的大学生，倒像于微微。她终于认出我，走过来，低着声音说：你别误会，我和陶壮为主管买生日蛋糕。这时，我才看见陶壮走进来，手里拿着车钥匙。他并不窘，大方地对王阳说：问嫂子好。王阳道：我们已经说过话了。陶壮又对我说：王阳转地面工作了，在我的科室，主管

过生日,大家凑钱买个蛋糕。

我微笑着听他说,却在想,如果王阳也躺在停尸间,陶壮会不会哭,会不会送一束玫瑰,会不会也梦想在洒满青色月光的夜晚与她相拥。人死了,心太疼,不如活着的时候,享受一个梦,我释然了。

微笑着听陶壮说完,微笑着与王阳道别,仿佛在祝福一对恋人。我的心含着泪,在苦味中品出了另一种甜。

我回家了,与陶壮做了真正的房客。他说:文嘉,我们好好谈谈。我摇摇头,释然的心,不需任何解释。

魏英雄打来了电话:文嘉,我要跟你说清楚于微微的事。

我说:过去的,就过去吧。

你是她唯一的亲人,我必须有个交代。他的声音在哽咽,针一样扎在我的心上。

我已不再是倒霉熊,魏英雄也不再是大海,能跟陶壮做房客,去见他,不过是陌路人而已。

他依然忙,约会的时间从黄昏拖到夜晚7点,中间打过三次电话,听起来为推时间,声音却是迫切而体贴的。第二次的时候,我说:既然忙,就算了吧,我要带孩子去加拿大。上帝又让它从我的嘴里溜出来,也许潜意识里我就想逃,离开陶壮,也离开魏英雄。

他顿了顿:那地方太远,更应见个面。就在这三次通话中,有什么东西回到了我们中间,也许只是感觉,可我的感觉从来不会错。

我将蕾蕾送到奶奶家,她先说要喝水,又说肚子疼。我知道她的心思,哄了许久,看看表,已过了7点,就不想赴约。刚动了心思,手机响了,是短信提醒:我等你到10点。

我不得不出发。

约会的地点在星海湾的停车场。我将维特拉开进去,就看见了魏英雄的三菱吉普车。旁边贴墙空着一个车位,用两个红色的警示锥挡在标志线上。

维特拉开到附近，魏英雄下了车，收了警示锥，又看着我将维特拉停进车位。这是冬天里难得的夜晚，没有风，天空高而远，细碎的繁星如钻石点点，青色的月光飘散，掩盖了人间所有的锈色。魏英雄消瘦了许多，却仍是高大而整洁的，就像在海星岛，银色的警徽衬着清秀的脸庞，弯弯的嘴角有一抹笑容，凄婉而体贴。看着我，像隔世又见的恋人。

我锁了车，他用左手替我打开三菱吉普车的车门，右手捂着警用棉衣，似乎捂着什么宝贝。我好奇地看。他笑笑，很自然地靠近我，将肩膀递过来，我也很自然地扶了，上了高高的吉普车。

我想哭，也想伏进他的怀里。可是，一想到这车里也坐过于微微，就罢了。

他掏出怀里的宝贝，是星巴克的纸杯，我诧异。他又端起放在饮料架上的另一个纸杯：咖啡，牛奶，你喝什么？

揣在怀里的是牛奶，咖啡早已凉了，我犹豫着，是否接过牛奶。

魏英雄说：你喝牛奶，我从未喝过咖啡，尝一尝。

说着，递过来。

我说：还是喜欢咖啡。

他睁大细长的眼睛：于微微说，你最喜欢牛奶。话一出口，我们都黯然。

我想了想，接过了牛奶杯子。

魏英雄有些窘，端起杯子喝咖啡，像喝茶。

我笑了：你真的没有喝过咖啡？

他放下杯子，细长的眼睛望着我：没有时间，也没有心情。二十多年，跑跑颠颠就过去了。

我用双手握着牛奶杯子，还有他的体温，暖着我的手。

他说：你喝。

我点点头。

他高兴了：原想早点儿见面，去雪国酒店。

我的心热了，一口口喝杯子里的牛奶。

他发动了吉普车，看着我的眼睛亮闪闪，像钻石：带你去看电影。

电影院在滨海路的山坳里，三面临山，一面朝海。不过是夏日里的停车场，依着背风的那面山竖起了高大的白色银幕。停车收据就是电影票，所谓的汽车影院。

里面已经密密麻麻挤满了汽车，魏英雄一边将车子开进去，一边说：但愿演的是《地雷战》。

我知道他又说反话，于是笑：不会为开车来的情侣放映战争片吧。

话一出口，我就后悔了，"情侣"两字，像电流穿过。魏英雄转过头，怔怔地看我。

于微微又出现了。我说：她临死前，还说过什么？

魏英雄立即明白了我的意思，钻石般的眼睛蒙上了一层红晕，像锈色。

其实，一切都很好，我以为回到大连后，她就可以开始正常的生活。说到这里，魏英雄拿起一支烟点燃了，深吸了一口，手却在颤抖。

我经历了无数次死亡，也曾亲手用微型冲锋枪打死危险的逃犯。可她不一样，是个好姑娘，也是个傻姑娘，压在我心上，一辈子也卸不掉。

我的心又像针扎了一样疼，为于微微，也为魏英雄的话而疼。深深地叹了口气说：看电影吧。

果然，是部爱情片《巴黎烟云》。爱情刚刚开始，钻石闪亮，女主角在暴雨的夜里逃进了男生宿舍。

演员讲英语，我们只能看字幕，心里想的都是于微微。

魏英雄总能感知我的情绪他换了话题：海星岛是大连重要的新经济区，寸土寸金。未开发前，陈飞的大哥喜子就笼络了一批乌合之众，强买群众手里的土地，不从，就刀枪棍棒相见。后来发展到对乡镇领导下手，四处围追堵截，将国家的土地也收入囊中。政府要征用时，发现喜子名下的土地赔偿金额超过了两个亿。市委书记不会容忍国家的钱落入这种人手里，但搜取强买证据又很困难，喜子发展的恶势力已经有些根基。为了减少干扰，市委书记亲自要求我秘密侦查喜子的其他犯罪行为，只有先逮捕他，海星岛的群众才敢为强买土地作证。

所以，才会在那天晚上抓毒贩？

魏英雄点点头：喜子这些年学精了，不像从前，以打架斗殴为生。我曾经三次将他送进监狱，都是伤害罪。这次忙了许多日子，只发现他有毒瘾，就从这里下手。

那天晚上在樱花医院门前抓住的毒贩交代，长期为他提供大量毒品。喜子和陈飞提前得到消息，逃去了哈尔滨。陈飞惦记于微微，用手机跟她联系，所以我才决定带着于微微去哈尔滨钓出陈飞。

抓住了吗？我问。

魏英雄点点头：主犯都到案了，海星岛的事情已经解决了。

我长长地舒了一口气，为了魏英雄，也为了于微微，她也算死得其所。

银幕上的男主角正在阅读任性的情人从世界各地寄来的信。魏英雄看着不断变换的城市，说：一定要去加拿大？

我默然。如果不走，跟陶壮的事就无法解决。离婚像一座山，中间有蕾蕾，还有肯德基、鸭蛋黄和照顾父亲的身影。我无法决断，所以想逃。

魏英雄也默然，不知何时用手指捻灭了烟头，还在继续捻，烟灰、黄的烟丝落在裤子上。

银幕上，男主角又爱上了情人的女友，在战乱的西班牙相拥过夜。

魏英雄忽然打开车门，向外掸掉裤子上的烟丝，说：全是胡说八道，一个心怎么可能装得下两个人。

我说：这是人性，你应该理解。

魏英雄有些激动：只爱一个女人，就不是人性？

我也激动了：很简单的问题，你已经结婚，难道一点儿没有喜欢于微微？

那是同情。魏英雄几乎吼起来。

我带了她和七八个刑警去哈尔滨，都是一个个挑出来的得力干将，希望于微微能看见生活中除了同性恋者和陈飞以外的男人，也想让她明白，世界上不只有我一个警察。

魏英雄的手和声音都开始颤抖。他抓起饮料架上的咖啡杯,又像喝茶般喝光了,接着说:回大连的路上,有嫌疑人要解手,我们只好停车,刑警都下去帮忙,只剩我和于微微,她忽然说要一辈子做我的情人,我当时就急了,告诉她不可能。她却吵着说,知道我爱的是你,并且越说越离谱,说即使这样也要做情人,文姐会包容。

我真急了,说:滚下车。她开了车门,快得像只猫,蹿到了高速公路的中间……

魏英雄说不下去了,忽然抓住我的手。我吓了一跳,刚要抽回,却发现他的脸色苍白异常,豆大的汗珠顺着额角流下来。我慌了:你哪里不舒服?

他吃力地摇摇手,从车门旁的盒子里拿出一个小瓷瓶。我连忙接了,打开封盖,他伸手就抓过去,倒进了嘴里。我明白了,是救心丸。

魏英雄将头靠在椅背上,闭着眼睛,十多分钟后,似乎好起来,慢慢抬起头。我说:你应该去医院。

他还开玩笑:进去了就别想出来,公费医疗是块肥肉,医生见了就眼红。我没有大病,只是劳累过度时会心肌缺血,吃了药,就没事。

我想劝他,又觉得面对的是块磐石。我不是妻子,连情人都算不上,说什么都不对。

魏英雄又开口:一定要去加拿大?

我无法回答。

他虚弱地倚在靠背上,许久,说:我对不起你。

我苦笑:有什么对不起?

上次分手,我很怕,太突然,承受不起,只好躲进了海星岛的案子里,接着,又出了于微微的事情。

电影要结束了,男主角在炮火连天的巴黎,疯了一样寻找失踪的恋人……

魏英雄盯着银幕说:不想失去你。

我笑了,又哭,离婚是一座山,是条太难的路。

我们回到了星海湾的停车场。

魏英雄要赶回局里，还要连夜去丹东，因为抓到的毒贩有上线，要斩草除根。

我说：刚吃了救心丸，又要走？

他说：等我回来。

临下车前，他递给我一个档案袋：有份材料，给你当素材。

我接了，回到维特拉上，发动了车子。魏英雄站在那里，看着我倒车，又跟着维特拉走出停车场的大门。我从后视镜里看见，他一直站在星空下，点点繁星像钻石，离我越来越远，直到消失……

妈又从加拿大打来电话，依然低着语气：文嘉。

我没有了委屈与厌倦，倒生出了一丝亲切，为了童年的小窝又给了我一个家。

叫了声妈，就红了眼睛。

她立即抽泣了：文嘉，妈知道对不起你。

我的心热起来。自从离开家上大学，她就低着语气跟我说话，二十年了，即使犯了法，也足够赎清罪过。

她又说：年龄大了，经常想起你小的时候总会给妈一个惊喜，姐姐住院，你洗了全家的衣服，不过十岁的孩子，隆冬天气，小手都粘在了铁盆上。

不知她是否还想起，我把自己的鸡蛋装进她的饭盒里。那个年代，鸡蛋也金贵，妈每个星期一早晨煮两个鸡蛋，姐姐一个，我一个。米面论斤供应，要顾了爸的嘴，还要捎带我，爸身体弱，我又不肯吃玉米饼子。妈从小苦惯了，几乎顿顿玉米饼子。我为了讨她欢心，就经常把自己的鸡蛋偷偷装进她的饭盒里。

我又本能地想：是姐姐让她委屈，才想起我的好。近些年，妈回国越来越频，眼睛里的凄凉也越来越深。姐姐从小受宠惯了，性格又像妈，骨子里存着心狠手辣的潜质，很少有恻隐之心。

陶壮的鸭子窝已是风雨飘摇，两只丑小鸭需要另一个家，我说：过不惯，就回来吧。

妈哭得更厉害，也引出了我的眼泪：你和陶壮来加拿大，让洋女婿知道，我们还有亲人。

陶壮一直竖着耳朵，听到这里，怯怯地问：妈要回来？

我点点头，他立即接过电话：您尽管回，就当我是儿子。

一句儿子，又让我想起陶壮照顾父亲的日子。放下电话，他试探着将手搭在我的肩上，我躲不开。

他说起婆婆：妈见你瘦得厉害，逼问到底出了什么事，我瞒不住，说了实话，她的血压立即升上来。躺了几天，又撑着照顾蕾蕾，我劝她，也不听，说：你对不起文嘉，不能再让孩子受委屈。

没有血缘关系的婆婆，却在暗中疼着我。也许，母亲也是一种缘分，深与浅并不取决于血缘。

我说：过几天，去看她。

陶壮又道：妈攒了二十万的存折，要给了你才放心。

我不得不回家，是一颗心重新回了家。

陶壮紧锣密鼓地办理去加拿大的手续，我也真正回到了过去的日子——女王般的日子。妈隔天一个电话，婆婆也经常包了我喜欢的素馅饺子送过来，蕾蕾则时时观察我的脸色，稍有黯淡，就会问：妈妈又要出差吗？

在这样的日子里，魏英雄的短信开始显得苍白。他依然说每天的行踪，都在丹东。早晨写：在餐厅吃饭。中午则是：狡猾的毒贩子，又跟丢了。有一天夜里发来短信，居然说：在鸭绿江的小岛上蹲坑。

我却很少说自己的行踪。我不会撒谎，也无法告诉他，正跟陶壮照签证需要的相片，或者说带婆婆看病。

大多回短信说：嗯，知道了。并没有后缀，他也不再追问：还有呢？

一天深夜，手机忽然响起了短信提示音。我爬起来，光脚跑进客厅，又是魏英雄：真的要去加拿大？

我看看表：晚上11点半。卧室里响起了陶壮的声音：这么晚了，谁发短信？我慌了，写下一个"是"字就关了机。

第二天清晨，打开手机，又见他的短信：看我给你的档案袋了吗？发信时间是凌晨1点。像根钢针扎进了我的心里，手机屏幕上布满了魏英雄眼睛里深深的忧虑。我忙写：什么时候回大连，吻你。按下发送键，就觉得不会有回音，我诅咒自己的感觉，从来不会错的感觉。

陶壮走得早，临近春节，清晨也要加班。我去厨房，热了牛奶，却喝不下，胃里堵满了该诅咒的感觉。又回卧室，想化妆，拿起粉底液，倒在了胭脂刷上，只好作罢。胡乱套上棉衣，就出了家门。

坐在维特拉里，想起了魏英雄给我的档案袋，看看后座，并没有，慌着找了半天，才在旁边的座椅下找到。那天约会后，在回家的路上，蕾蕾打了三次手机，我忙着安慰她，就忘了那个档案袋。

此时，拿在手里，上面覆了薄薄的灰。我想从古驰里找出湿巾，却摸出了魏英雄送给我的手套，沉沉的宝蓝色，像一颗没入大海深处的心，无言而冰冷，没有细长的眼睛，没有弯弯的嘴角，更没有蜜汁般天使的微笑。泪涌出，我拿起手机，飞快地写下：什么时候回来，等你。

依然没有回音。

我打开档案袋，是一份西城分局的文件，大红的文头下印着《关于给予魏英雄记过处分的决定》。

仿佛捧着列文交给吉娣的婚前日记，我想说：你真傻，我从未怀疑过你说的话。

可是，已无人倾听。

文件结尾出现了几行手写的字，清秀、腼腆，像十二岁时站在我面前的少年。

文嘉：

  于微微的事情是个教训，我同情她，更多的却是为了你。我想知道你的情况，了解你的生活，只有她能告诉我……

我不懂电影和文学里的爱情，只想说，跟着我，其他的事情交给我，无论多难，都带着你走下去。

交警的违章处罚系统里的记录让我了解了另一个你。太多的超速、闯红灯，再多一次，年检的时候就要被吊销驾照。已经替你处理好了，但不许再违章。

好好活着，好好生活，等我回来。

天奇冷，阳光也奇怪的亮，我茫然地发动了维特拉，CD里又唱起《钻石与锈》：

我依稀记得你的眼睛

比知更鸟的蛋还蓝

你说我写的诗糟透了

你从哪里打来电话

是西部的某个电话亭吗

十年前我给你买了些袖扣

你送了我点儿东西

我们都明白

回忆能够带给我们……

它给了我们钻石与锈

我又来到三面临山、一面朝海的山坳里，曲终人散，只有那面巨大的白色幕布在风中飘摇。

靠海的悬崖上，是一小块空地，围了栏杆，还铺了木栈道，细而高的路灯下，有两张斑驳的长椅。那天回去的路上，魏英雄说：夏天的时候，来坐一会儿该多好。

我下了车，来到栏杆边。悬崖下是无边的大海，盛了迷航人的心，在奇亮的阳光下，泛出沉沉的蓝。我把手套吻了又吻，毅然撒手，它们悠然飘落，带着我的心，融入了那片蔚蓝色的海……

我送走了自己的心，回到了人间。中山路上，车流涌动，像排着队的蜗牛。阳光依然奇怪地亮，却下起了雪，雪花瘦弱、稀疏，落下来就消失了，消失在喧嚣的世界里。一个轻而薄的白色透明塑料袋被风吹起来，转来转去，缠住了维特拉的前保险杠，我露出了惨白的笑容——不怕它像一面白色的灵幡。

我上了小街，依然在反道上。手机响起了短信提示音，我拿起来，并不急，知道不会是魏英雄。

是包民：文姐，魏局长凌晨突发心脏病，已经走了，我刚赶到，先拿了手机，别再发短信，回大连面谈。

我哭了，又笑。刺眼的阳光里，是魏英雄蜜汁般的笑容，我走进去，融化了自己。

一辆铁锈色的太脱拉呼啸而过……